赤月ヤモリ
［イラスト］kr木
「飛び降りる直前の同級生に
×ピ——×
しよう!」
と提案してみた。

「それは、俺を好きになってくれたと、
つまりは、らぶってくれた
という解釈でおーけー？」

「のっとおっけーー！
……じゃあね！」

「愛は、ちょっとずつ囁いてくれないと
……軽薄になるんだから」

「あったか……」
「そっか……
おいしいなら、よかった」

「……それじゃあ、私の目を見て。
好きってじゅっかい言って」

CONTENTS

飛び降りる直前の同級生
ピー
しよう!
と提案
してみた
赤月ヤモリ
[イラスト] kr木

プロローグ

飛び降りる直前の同級生に『×××しよう！』と提案してみた。

学校の屋上――腰の高さほどの安全柵の向こう側に、彼女はいた。

古賀胡桃、艶やかな黒髪を腰まで伸ばし、その整った顔立ちはとてもではないが同じ高校生とは思えないほど大人びて見える。可愛いと言うよりは綺麗系で、スレンダーながらも女子にしては長身のスタイルは、彼女が今年の春までモデルとして目覚ましい活躍をしていことがうかがえる。

否、モデルだけではない。女優をしてみないか、なんてそんな夢あふれる素晴らしい提案も持ち上がっていたとか。

しかしそれも過去のこと。

現在はすべての活動を休止し、ごく普通の高校生活を送っている……はずだった。

そんな彼女がまさに自殺の一歩手前であった。

街に沈みゆく夕日がシルエットを濃くし、高所故の強風がそのまま彼女を攫っていってしまうのではないかと焦燥に駆られた。

だから俺は叫ぶ。

「俺とセックスしようっ！」

一瞬の静寂の後、胡桃さんは壊れた機械人形の如く首を動かして、背後に立っている俺をその視界にとらえると、一言。

「へ、変態……っ」

侮蔑を伴った瞳が引きつった頰と共に向けられた。

「いや、待って欲しい。俺は変態じゃない！」

「いやいや、無理だから。変態じゃん。なに、いきなりセックスしようって」

「だって胡桃さん、今自殺しようとしてたでしょ!?」

言った瞬間、彼女の目が細められる。

「つまり、どうせ死ぬならセックスして死ねッてこと？　変態かと思ったらとんだクズだったってわけだ」

「違う！」

「何が？」

「俺は、君が好きだからセックスがしたいと言っているんだ！」

「だからそれが意味わからないって言ってるでしょ!?」

「どうしてだ！　好きな人とエロいことがしたいと思うことの何が悪い！　そんなことを言っ

たら世の中のカップルは大罪人じゃないか！　全員獄中にぶちこまれて刑務所の中がリア充の巣窟になるじゃないか！」

「……ああ、そう。わかった。つまりあんたは頭がおかしいわけだ」

「ああ！　そうらしい！」

全力で肯定すると、彼女は「み、認めるんだ」と顔を引きつらせた。

「と、とにかく。あんたとセックスするつもりなんて毛頭ないから。さっさとどっか行って」

そう言って、再度こちらに背を向けてしまう。

「……いいのか？」

「何が」

真剣な声で問いかけると、先ほどまでの苦い顔を消して振り返る。

そんな顔も可愛い。でも、個人的には笑っている君が一番好きだ。大輪の花のようなにこにこ笑顔で一生涯笑っていて欲しい。

だからこそ俺は言葉を続ける。

「今、俺が居なくなったら君はこの場から飛び降りるだろう。俺は胡桃さんのことが大好きで、愛していて、全力でらぶってるから、最近君が思い悩んでいたことを知っている。そして、君が自殺したがっているということも知っている」

「何、ストーカー宣言？」

「違う！　いいか、胡桃さん！」

ビシッと彼女へ人差し指を突きつけ、俺は全力で吠えた。

「きっと君は先ほどまで、『これが私の見る最期の風景』などと感傷に浸りながら、この美しい夕焼けを見つめていたのだろう。だが、今は違う！　このまま自殺したら、君が最期に言葉を交わしたのは同じ学校のほとんど話したこともない変態でよくわからない頭のおかしい男子生徒ということになるんだ！　それでいいのかぁぁあああッ⁉」

「……っ！」

「俺は君のことを愛している。だから君がかつて雑誌のインタビューで美しい風景が好きと述べていたことを知っている。故にあえてもう一度言おう！　――これで、こんな終わりでいいのか古賀胡桃さんッ！」

高らかに宣言する。俺の想いを、俺が今ここに居る理由を。

今日の放課後、物思いにふけった表情で教室を出て行った彼女。

心配して、してはいけないと思いつつも彼女の後を追った。そうしてたどり着いた今この時。

俺は彼女を愛している。

だから何が何でも、どんなことになっても、全身全霊でもって彼女の自殺を阻止したい。たとえ彼女に嫌われようとも！

「な、な……なんてことしてくれたのよ！」

「ふははは！　わかったらさっさと戻ってきて俺とセックスしよう！」

「しない！　セックスしない！　それに戻らない」

「ふふふ、ならば君の最期の会話は変態のナンパで決まりだな」

「嫌だ嫌だ嫌だぁぁあああ！」

「だったら早く戻ってこい！」

手を差し伸べる。侮蔑の視線を向けられる。

かなり辛いが我慢だ我慢。

「……して」

「え？」

「どうして、そこまで戻ってきて欲しいのよ」

か細い声で、尋ねる胡桃さん。

「？　先ほどから言っているだろう。君が好きだからだ。モデルとしてスカウトされる前から
ずっと、ずっと好きだ。君の容姿も、性格も、そのすべてが、何もかも、俺の直球ど真ん中だ
からだ。すでに君に人生を捧げる覚悟はできているッ！」

「……なにそれ。それってつまり、私のためなら何でもできるってこと？」

「何故そうなるんだ。そんなわけない」

即答すると、胡桃さんは驚いた表情を見せた。

「は、はぁ⁉　どういうことよ！　私のために人生を捧げる覚悟できてるんでしょ⁉」

「ああ！　もちろんだ！　だがそれは奴隷とか下僕とか、つまりはそういう一方的搾取の関係ではなく、相互的に支え合う関係のことを指している！　よりわかりやすく言うのなら『病める時も、健やかなる時も』という関係のことを指す！」

言葉を区切り大きく息を吸い込むと、俺は高らかに宣言した。

「胡桃さん！　俺と結婚しようッ‼」

一瞬の静寂。そして、

「……っはぁぁぁあああああああああああああああああああああああっっ⁉」

今まで聞いたことのない絶叫が胡桃さんから発生した。

愕然と、――否、どちらかと言えば驚天動地と言わんばかりに口をぽかんと開けて、目を見開いて、俺を見つめている。何その表情、かわいい。

「さぁ、どうする！　変態からのプロポーズを受けるか！　それとも自殺するか！」

「どっちも最悪じゃん！」

「プロポーズを受けてくれ！」

「いーやーだー‼」

駄々っ子のように首を振る胡桃さん。

やがて大きくため息をつくと、ジトッとした目を俺に向けて、次に俺とは反対の――すでに夕焼けが終わり夜の帳が下りる町――へと視線を向ける。

そうして数秒。

最後にもう一度だけ大きくため息をこぼすと、安全柵に手をかけて一気に跳躍し、俺の方――つまりは安全な屋上に彼女は足を着けた。

それはつまり――。

「暖かい家庭を築こうね」

「いや、プロポーズを受けたわけじゃないから！」

「じゃあどういう意味⁉」

「……っ！　や、やめるだけ、自殺を」

袖口で口元を隠しながら、素っ気なく告げる胡桃さん。

「……そっか。――それじゃあセックスしよう」

とりあえず安心したので改めて誘ってみると、

「くたばれ変態ッ！」

全力のレバーブローが俺の身体を穿った。

怒髪天をつく勢いの感情が込められた一撃は、俺に膝を折らせ屋上のアスファルトに顔を押しつけると同時に、陰鬱だった胡桃さんの表情を、俺が世界で一番好きな彼女の笑顔にする効果を持っていた。

崩れ落ちた俺を睥睨した後、彼女はもう一度ため息をついて、一言。

「……あんたみたいな奴、初めてよ」

そりゃあ俺みたいな奴がうじゃうじゃいたらヤバい。

日本の警察では手に負えないだろう。

「それは、俺を好きになってくれたと、つまりは、らぶってくれたという解釈でおーけー？」

僅かな希望に賭けて尋ねてみると、彼女は『べっ』と桃色の舌を出して、笑う。

「のっとおっけー！　……じゃあね！」

くるりと踵を返し、屋上を後にしようと遠ざかる胡桃さんの背中に声をかける。

「また明日」

「…………ん、また」

一瞬立ち止まり、振り返った表情は、夕焼けのせいなのか赤く染まっている気がした。

と言っても、すでに周囲は暗く夜が始まっているのだが。

「あぁ、マジでらぶい。好きだわ、胡桃さん」

そんなことを呟いて、俺は腹の痛みが引くのを待った。

第一章

もう傍観者では居たくない！

飛び降りる直前の同級生に『×××しよう！』と提案してみた。

1

俺の机の上にはラノベが載せられていた。

――まるで晒し上げるように。

するとクラスメイトの男子が大きく声を上げた。

「おい、こいつこんなの読んでるぜ！」

――まるで晒し上げるように。

どういう理由を持ってそんなことをしたのかは知らないし、知りたいとも思わない。

あまり関わりのない相手ではあったが、それは俺の主観で、もしかしたら彼は俺のことを友人と思っていて『イジり』の一種だったのかもしれない。

けれども、だけれども、俺の心はひどく傷ついた。

呼吸が荒くなるのを感じる、酸素が脳に回らない。

だというのに聴覚はしっかりと周囲の音を聞き届けている。

特に周囲のクスクスと笑う声と、キモいという声が何度も何度も鼓膜を殴打する。もういっそのこと脳漿をばらまいた方が楽になれるのではないだろうかという程の――『苦渋』。

嫌だ、嫌だ、嫌だ。

消えたい。消えてなくなって、くしゃくしゃの使い捨てのティッシュペーパーみたいになってゴミ箱に消え失せたい！

つまりは、死に――

「やめなよ、そういうの！」

大きな声で教室の空気――読む方の空気を切り裂いたのは、長い黒髪を揺らす美少女だった。

☆

ベッドで目が覚めた。

アニメのポスターやフィギュアが陳列された棚など、おおよそ考えられる限りのオタク部屋である俺の部屋は二次元に染まっている。

しかしながら、部屋のドアに張られたポスターだけは三次元のものだ。

長い黒髪に、楽しそうな笑顔。彼女の名前は古賀胡桃さん。

その表情を見ているだけで胸が高鳴るし、熱に浮かされたように頭がぼーっとしてくる。

かわいい。かわいいよ胡桃さん、愛してる。

俺はポスターにそっとキスしようとして――

「兄貴ー、起きてるかー！」

「ふげらっ！」

妹の乱入により、おでこでキスする羽目になった。すごく痛い。

「何して――って、えぇ、またぁ？　確か同級生でしょ？　さすがにキモいよ……」

「し、仕方ないだろう!?　好きなんだから！」

「う、うーん。ま、まぁ、犯罪まがいのことをしなければ何でもいいけどさぁ」

「そんなことするわけ――」

と、そこで俺は昨日のことを思い出す。

つまりは『俺とセックスしようっ！』というあの発言。

あれはもしかすると、犯罪と言っても差し支えない発言だったのではないだろうか？

……い、いや、たぶん大丈夫だろう。胡桃さん怒ってなかったし！

「え、ちょ、なに？　何で黙るの!?」

「――はっ！　あ、いや、何でもないって」

「何その反応。え、まさか……うそ、うそうそっ!?　むりむりむりっ！　あり得ないって！

マジないって！　おかーさーん！　兄貴が、兄貴がぁぁあああ！」

「だ、だから違うって！」

　俺は大慌てで妹の後を追って階下へと向かった。

☆

　妹の誤解を解き、朝食を終えて家を出る。

　駅を経由し電車でガタンゴトン。

　やがて学校に到着し教室へとたどり着くと、すでにそこには胡桃さんの姿があった。

　教室の隅の席に座って文庫本を広げる彼女の周りには誰も居ない。ぼっちと言うか孤独と言うか、いや、孤高と言った方が正しいだろうか。そこらの高校生とは一線を画す容姿は人を寄せ付けない雰囲気を醸し出していた。それだけが理由ではないが。

　まぁどちらにせよ、俺の愛の前にはまったく意味を成さない。

　誰もが避けようとする中を堂々と突き進み、自席にて読書にふける彼女にご挨拶。

「おはよう！　胡桃さん！」

「…………はよ」

「あははは っ、元気がないなぁ！　おはよう！　全世界に轟く美声で、俺の鼓膜を是非とも揺らして欲しい！」

「き、キモいんだけど」

「辛辣だなぁ。まぁ、そこがらぶいんだけれども」

嫌そうな表情を浮かべる胡桃さん。

負の感情だろうと好きな人に意識してもらえるとは、なんとも嬉しいことこの上ない。

朝一の胡桃さんとの会話に喜びを噛み締めていると、不意に俺の肩に腕が回された。腕はそのままぐいっと首を絞め始める。うぐぐ。こんな極悪非道な殺人まがいの行動をするのは俺の知る限り一人しか居ない。

抗議の声を上げようとして、しかしそれより先に腕の主が口を開いた。

「おい、何やってんだおめー」

「ぐぅう、サッカー部のエースにしてイケメンで性格も完璧なのに何故か俺と友人関係を築いている桐島くん。苦しいから離せ！」

「何で説明口調？　ヤバ宮くん」

「……ちょ、ちょっと待て！　なんだその呼び名は！」

「いや、だってお前頭おかしいんだもん」

「だからって友人に付けるあだ名がヤバ宮くんは酷くないか!?　性格も完璧と言ったさっきの言葉を取り消したくなったんだけど！　ねぇ、胡桃さん！」

「どうして私に振るのかがわからないんだけど……けどまぁ、確かに頭がおかしいことが由来のあだ名なんて、私も酷いと思う。可哀想だねヤバ宮くん」

「呼んでるじゃん！　くそ、何だよ！　こんなのおかしいだろ！　俺は普通だ！　至って常識人だ！」

「常識人はそんなこと言わねーんだよ」

ぐっ、と首に回された腕が一瞬強くなったかと思うと、すぐに離される。

元々本気ではなかったし、そこまで苦しいわけでもなかったが。

「ぐ、ぐぬぬ……」

「そんなに睨んでも取り消さねーぞ。つーかちょっと面貸せ」

「え、嫌なんだが？」

「古賀さん、こいつ借りてくけどいい？」

「おい、桐島くん。何を勝手に――」

「別に私のじゃないし、返品の必要もない」

「胡桃さん⁉」

愕然と肩を落としてみるけれど反応は変わらないようだった。

俺は桐島くんにずるずると引きずられて、教室の外まで連行される。

そのまま廊下の隅の方――つまりは人気のない場所――まで連れていかれると、桐島くんは手を離して鋭い目で俺を睨んできた。

「お前、マジでどうしたんだ？」

「？　何が？」

「なんつーか、前までのお前もなかなかにいかれてた。いかれてたけどよ、それでもまだ常識的ないかれ具合だったじゃねーか」

「具体的には？」

真剣な声で返答すると、桐島くんは一瞬押し黙り、言葉を選ぶように口をまごつかせながら、しかし、結局は直球に言葉をぶつけてきた。

「……あの空気の中で、古賀に話しかけるとかさ、おかしくねーか？」

「おかしくない」

俺は即答し、続ける。

「何だよ、空気って。俺は話しかけたいから話しかけただけだ。いや、確かに空気が悪いっていうのはわかってる。特に女子どもだ。嗚呼、ウザい空気を出している。俺の嫌いな空気だ。俺の愛している胡桃さんに対して、嫌悪というか嘲笑と言うか、毛嫌いと言うか嫉妬と言うか、つまりは醜悪な悪感情をばらまいている、気持ちの悪い空気だ」

「なら――」

「だけど、そんなものは知らない。そんな空気を読んで胡桃さんが傷つく姿を、指を咥えてただ見ているのが正しいって言うのなら、俺はいかれ野郎でいい」

淡々と述べる。感情なんて込めてやらない。

こんな討論に意味は無く、論争は虚無の時間を生むだけだ。

まっすぐに目を見つめて言い終えると、桐島くんは大きくため息をついた。

そして逡巡した後、ガシガシと頭を掻いて「わかった」とはっきりと告げた。

「お前の考えはわかった。そういうことなら俺は何も言わねーし、いかれてるって言ったのも取り消すよ」

「……わかってくれるのか？」

「あぁ、友達だからな。お前はやべー奴だけど、いい感じのやべー奴みたいだ」

そう言って、ニッと笑みを浮かべる桐島くん。

あぁ、だから俺は彼と友人関係を続けられる。

こんな性格のいい奴、胡桃さん以外では彼ぐらいしか居ないに違いない。

「ありがとう」

だから、感謝の言葉はすんなりとこぼれ出た。

右手を差し出すと彼も右手を差し出して握手。——した瞬間のことだった。

「感動的な場面だね。片方が私に対して『俺とセックスしようっ！』なんていきなり言ってくる頭のおかしい奴じゃなければ、だけど」

声の聞こえた方に視線を向けると、そこには壁に背を預け、ジトっとした目でこちらを見つめる胡桃さんの姿。

「え、何それ」

「……」

どういうこと？　と言いたげな瞳を向けられ、堪らず顔を逸らす。

「あれ、知らないの？　昨日の放課後、ヤバ宮くんが私に言ってきた言葉だよ」

「……お、俺は愛しているから、本心を口にしただけだ！　わかってくれるだろう？　桐島くん！」

「いや、それは無理だわ。ヤバ宮くん」

友人の無慈悲な言葉に、俺は膝から崩れ落ちた。

2

朝の非常に不名誉な出来事からしばらく。

四限目終了のチャイムと同時に担当教師が退室し、代わりに訪れるのが昼休みである。

いつもなら桐島くんと共にお弁当を広げ、スマホでくだらない動画を流しながら妹お手製の弁当に舌鼓を打つのだが本日に限っては違う。

具体的に言うなら妹お手製のお弁当に舌鼓を打つのはまさしくその通りなのだが、同席する人物を変更しようと考えているのである。

そう、本日は胡桃さんを食事に誘う！

まぁ応じてくれるかはわからないが。

俺はカバンから弁当箱を取り出して教室の隅へと視線を向けた。そこには姿勢よく席に座りコンビニ袋からおにぎりと紅茶を取り出す胡桃さんの姿。ちょこんっとしている様が非常に可愛い。

しかし、そんな彼女の周囲にはミステリーサークルでもできたかの如く誰も居ない。見ていて非常に胸が痛くなる絵面である。

だから俺は立ち上がって、ずんずんと彼女の下へと向かった。

その際、背中に視線を感じて目を向けると、桐島くんが『頑張れ！』って感じの目で俺を見ていた。本当に性格のいい友人である。

彼に背中を押されつつ俺は胡桃さんの下へ。

「胡桃さん！　一緒に食べよう！」

こちらに気付いた胡桃さんはパッと顔を上げて俺を見つめてくる。

その表情は僅かにほころんで見えた。

頬が緩み、口角が若干ながら上がっている。

他の人なら気付かないかもしれないぐらいの小さな変化ではあるが、俺の目は誤魔化せない。

その小さな変化は、間違いなく昨日ぶりに見た胡桃さんの笑顔である。

しかし次の瞬間には周囲を見渡して無表情、それどころかしかめっ面に。

加えて一言。

「……嫌なんだけど」

視線を逸らしつつ拒絶の言葉を述べて、おにぎりの封をぺりぺりと開ける胡桃さん。

俺はそんな不器用な優しさを向けてくる彼女に内心苦笑をこぼしつつ——

「そっか仕方ないね」

彼女の正面の椅子に腰を下ろした。

「なんであきらめた風なことを言って目の前に座ってるの？」

「愛ゆえに」

「……っ、こんなところで、なに言って……馬鹿じゃないの？」

即答するとふいっと顔を逸らす胡桃さん。

髪から覗いて見える耳は赤い。

照れているのだろうか、とてもかわいいじゃないか。愛してる。

「馬鹿じゃない、本気だ！」

「だったら余計に馬鹿だと思うけど？」

「そんなことはないよ。胡桃さんは世界で一番魅力的な女性だからね」

「は、はぁ⁉」

素っ頓狂な声を上げつつ、睨みつけてくる胡桃さん。

何かを告げようとするが言葉が見つからないのかしばらく口をまごつかせた後、手元のおにぎりに齧り付いた。ぱくっ、もぐもぐ、ごっくん。

一連の所作を終えて、彼女は静かにおにぎりを見る。具は梅。

「どうしたの？」

「……ちょっと、間違えた」

鮭を買ったつもりだったのに、と呟く胡桃さん。

「梅嫌いなの？」

「嫌いじゃないけど……」

そう言ってもう一口。

咀嚼して眉根にしわを寄せた。どうやら酸っぱかったらしい。

「よかったら俺が食べようか？」

「変態」

「なんで⁉」

苦手なものは無理して食べる必要はないと提案すると、とてもシンプルな罵倒が飛んできた。

何だかぞくぞくしてしまう。俺はMなのだろうか？

「……か、間接キスになるし」

言うのが恥ずかしかったのか僅かに頬を赤らめて、もじもじする胡桃さん。

聞こえたワードは間接キス。

……間接キスだと⁉　確かに、何故気付かなかったのか⁉

「それもそうだ……よし、俺が食べよう！　いや、それじゃあ悪いから交換しよう！　何でも好きなおかずを取ってくれ！」

「そこは普通、手を引くところだと思うんだけど……」

「胡桃さんと間接キスができるのならたとえ火の中水の中、頭のおかしい奴という悲しき十字架さえ躊躇なく背負えるよ！」

「そ、そこまで言われると引く。言われなくても引いてるけど」

「ひどいっ！」

ショックである。気分を紛らわせるために卵焼きに齧り付く。旨い。さすが妹。

「――ふふっ」

「ん？」

一瞬笑ったような気がして胡桃さんを見てみるも、彼女は自らのおにぎりに齧り付いていた。

☆

それにしても綺麗に食べるものだ。

結婚すれば毎朝こんな感じで向かい合って食事ができるのかと考えるとたまらない。

朝起きて一緒に食卓を囲み、それが終わったら行ってきますのキスをしてそれぞれ仕事に赴く。そんな未来予想図——なんだそれ、やばいな。すごくいい。

ついついじっと見つめてしまう。

「な、なに？」

訝しげな表情で尋ねられた。

なので思ったことを素直にご返答。

「絶対結婚しようね」

「本当になんなの⁉」

「照れなくても大丈夫」

「別に照れてるわけじゃないんだけど……」

目を逸らして紅茶に口を付ける胡桃さん。

「昨日も言ったと思うけど、俺は胡桃さんのことが本当に好きなんだ。結婚したいぐらい。いや、するんだけども」

「いや、しないから」

「そうだね、まずは清いお付き合いから」

「話聞いてないしどの口が言ってるのよ、どの口が。頭おかしいんじゃない？」

「自覚はある」

「あるなら直して」

そう言って、ため息をつく胡桃さん。

彼女は手に持っていたおにぎりの欠片を口に放り込んで飲み込む。それから俺を見て、次に教室をサッと見渡した。

「どうしたの？」

一連の所作の意味を俺はわかっていたけれど、わからないふりをして尋ねる。すると彼女はきゅっと下唇を噛み締めてから、先ほどまでとはその身に纏う空気を一変させて、無感情に告げた。

「別に……て言うか、もう私に関わらないで」

「え？」

「……大体、一緒に食べていいとも言ってないし」

唐突な態度の変化に思わず戸惑う。と言うか胡桃さん、もう食べ終わってるじゃん。

困惑している俺をよそに、彼女は立ち上がって教室を後にした。

取り残されたのは女子の机で一人食事をする頭のおかしい男子高校生のみ。と言うか俺だ。

弁当はまだ半分ほど残っている。

数秒ほど箸を宙空で彷徨わせた後、立ち上がる。当然胡桃さんを追いかけるため。

妹には悪いが半分残したまま弁当を片付け、ピシャリと閉ざされた扉に手をかけ教室を後にする。

廊下に出て周囲を確認するが昼休みということもあって廊下は人でごった返していた。

視線の届く範囲に胡桃さんの後ろ姿は見つけられない。

「……胡桃さん」

一体どこへ向かったのだろうか。

彼女の名前を呟いた瞬間、不意に肩をたたかれた。

まさか戻ってきたのか、と驚いて振り返ると、そこには胡桃さんとは程遠い中年男性の姿。

見知った顔の彼は担任の物部先生である。

「なんだぁ……」

「おいおい笠宮、人の顔を見てため息とは酷いじゃねーか」

あきれた様子で俺を見つめる彼は、眼鏡のブリッジを押し上げつつ苦笑をこぼした。

「なんですか先生、今少し急いでいるんですけど」

「ちょっと話があったんだが……急いでるってのは、もしかして古賀のことか？」

「……っ」

当てられてどきりとする。

「まぁ、はい」

「んじゃ、ちょうどよかった。俺の用事も古賀に関することなんだ」

胡桃さんに関すること。

そんな能書きを伝えられれば、断り辛い。

今すぐにも追いかけたい――正確には探したいという思いを抱きつつ、しかし現在居場所のわからない胡桃さんを追うのは難しいだろう。

俺は廊下の先へと消えた彼女に思いをはせつつ、生徒指導室へと向かう中年男性の背中をしぶしぶ追った。

☆

端的に言うとお話というのは、胡桃さんを取り巻く現状についてであった。

胡桃さんがクラスで孤立していることは彼も知っているし、どうにか改善できないかと対策を取ろうと考えていたことを俺は知っている。まぁ、問題が問題なだけにどこから触れていいのかわからず、動けてはいなかったが。

そんな中で、昨日までと違って俺が胡桃さんに積極的に話しかけていたため、何かあったのかと尋ねられたのだ。

しかし自殺云々やそこに至った経緯など俺が勝手に話していい内容ではない。そのため「愛ですね」とだけ答えて早々に生徒指導室を後にした。

教室に戻ると幾人かの視線が向けられた。

奇異の視線、とでも言うのだろうか。

視線の元をたどると、胡桃さんを孤立させている女子グループの姿。カースト上位の金髪ギャルを筆頭とした俺が最も嫌いな女子連中である。

彼女たちは口元に薄汚い笑みを浮かべて、ちらちらと俺と教室の隅を交互に見ている。

はて、いったい何だろうかと視線の先をうかがうと、そちらは胡桃さんの席。

「……チッ」

思わず舌打ちをしてしまった。しかしそれも仕方がないだろう。

胡桃さんの席――そこに胡桃さんの姿はなかったけれど、俺が教室を飛び出した時より彼女の座席の机と椅子が大きくズレていたのだ。加えて胡桃さんのペンケースまで床に落ちて散乱している始末。

……本当に嫌いだ。あいつら、マジで嫌いだ。虫唾が走るとはまさにこのことだろう。

一瞬怒鳴りに行こうかと考えたが、それを抑えられたのは僅かに理性が残っていたから。

何よりも優先すべきは胡桃さんの席を元に戻すことだ。

俺は彼女の席に向かってそれらを綺麗に整えていく。

次に散乱したペンケースの中身を拾い集めて、机の上へ。

その間も注がれ続ける奇異の視線。

女子グループだけではない。教室のあらゆるところから見られているのがわかる。次いで、聞こえてくるひそひそとした声。

「必死過ぎない？」「偽善じゃん」「ヤリ目だろ、どーせ」「いやいや、むしろもうヤッたのかもよ？」「うわ、マジかよ」「古賀さんが頼むわけないだろうし、やっぱあっちから？」「だろーね、キモいし」

聞こえてくる中傷。ひどい、傷ついちゃうよ、なんて嘘だけど。

正直俺に対しては何を言われてもどうとも思わないけれど、胡桃さんを侮蔑する言葉だけは苛立って仕方がない。顔を覚えて後で怒鳴り込んでやろうかと教室を見渡すと、窓際に桐島くんの姿を発見した。

彼は申し訳なさそうな表情で、すまないと言わんばかりに手を合わせていた。

そんな姿に律儀なことだと苦笑してしまう。

別に彼を悪いとは思わない。彼には彼の高校生活があるのだから。

苛立ちを抑えつつ片付けを終え、次の授業が始まるまで胡桃さんの席に座って待機。

これ以上いたずらをされるのはさすがに許容できないからだ。

針の筵状態であるが苦痛などない。むしろ好きな子の席に座るとかちょっと役得。心なしかドキドキしちゃうピュアボーイである。

けれどそんな時間は長く続かず、胡桃さんは一分もしないうちに帰ってきた。

「……なにしてるの？」

「秀吉は織田信長が草鞋を履く際にひんやりしないように温めていたらしい」

「で？」

「愛情込めて温めておきました」

スッと席を譲ると、胡桃さんは複雑そうな表情で俺と椅子を交互に見る。

そしてまた教室を見渡してから、告げた。

「馬鹿なの？」

「秀吉です」

「秀吉なの？」

おっと間違えた。

「旦那です」

「……馬鹿」

ぽつりとこぼして着席する胡桃さん。

「生温かいんだけど」

「おかしい、愛の炎はめらめらと燃え上がっているというのに」

「……っ」

胡桃さんは僅かに頬を染めて言葉に詰まる。可愛い。

そして逡巡してから周囲を見渡して、告げる。

「き、キモいから。これ以上関わらないで……っ」

再度、拒絶の言葉を頂戴してしまった。

☆

「胡桃さん！　一緒に帰ろう！」

「どういう神経してるの⁉」

放課後、そそくさと教室を後にしようとする胡桃さんにお声がけすると、本気で意味がわからない、と言いたげな表情を向けられた。

「別に普通だよ。好きな子と一緒に帰りたい。ただそれだけだ！」

「……っ、知らない！」

言って、彼女はすたすたと歩きだした。

俺もすぐ後を追いかける。

廊下には俺たちと同じように帰路に就こうとする者たちや、部活、委員会に赴く者たちが行き交っている。窓の外では部活動に精を出す生徒が準備運動を始めていた。早いな。

階段を下りて昇降口にたどり着く。開け放たれて外界と空気を混合させる現場は、十月下旬の僅かに冷たさを取り込んだ寒風がさらさらと流れていた。

ここ数日でぐっと下がった気温に日本の秋はどこへ行ったのかと疑問を抱く。清少納言もびっくりだろう。夜になれば息も白くなりそうな気温である。

黙々と下駄箱から靴を出し、上履きから履き替える。

会話はない。彼女からは視線も興味も向けられない。

その一方で、周囲からは幾分かの視線を頂戴する。

胡桃さんが孤立しているというのは、当校でそれなりに知れ渡っているからだ。後輩からは綺麗な先輩、同級生からは綺麗な同級生、先輩からは綺麗な後輩。

そんな当たり前の感情を、綺麗を売りにする仕事をしていたからこそ、より強く向けられており、孤独で孤高な彼女は興味と悪感情の先を独りで歩いている。

だからこそ、彼女が誰かと歩いている様子に視線が向けられるのだろう。

じろじろと向けられる不躾な視線を無視して校門までの道のりを歩き、外へ出て、駅へと続く道に差し掛かる。

「それにしてもいきなり冷えたね」

「……」

ひらひら舞い落ちるイチョウの葉を横目に告げる。――無言。

「寒いのは少し苦手なんだけど、胡桃さんはどう？」

「……」

話題を振ってみるけれど返答はない。個人的にはもっとトークを楽しみたい。

どうしたものかと頭を捻った、まさにその時だった。

「……んで」

「ん？」

か細い声で、風にかき消されてしまいそうな震えた声で、胡桃さんは言った。

「なんで……関わるの」

「そりゃあ、好きだからね」

「……関わらないで、って言ったのに」

関わらないで。

それは本日何度も聞いた拒絶の言葉。

俺の好意が迷惑だから関わらないで欲しいという存在否定の言葉。

——ではないことを、俺は知っている。

彼女がそれを口にするのは、周囲を見渡した後。つまり自己の状況を俯瞰した時だ。

故に、彼女が口にする『関わらないで』の真意とは、

「わ、私に関わったら迷惑かけるから……だから、これ以上、関わらないでっ」

俺を気遣っての言葉である。

顔を伏せて絞り出すように内心を吐露する胡桃さん。

要するに、本日の彼女の冷たい態度は『聞こえるような聞こえないような、そんな距離感で他人から腫物にさわるような目で見られるという苦痛』を俺に与えないようにするための、胡桃さんなりの優しさであった、ということだ。

その思いは素直に嬉しい。——だけど。

「俺は関わりたいんだ。胡桃さんと」

「……っ」

「迷惑だってかけて欲しいいし、そんなことは気にしない。俺はただ胡桃さんと関わりたい。俺は、胡桃さんと一緒に居たいんだ」

思いのたけをぶつける。

ずっと、ずっと言いたかったことだ。だけど勇気が出なくて、一歩が踏み出せなくて、他者とズレることを恐れ、君を傷つけていた。だから、関わりたい。

「……」

訪れるは沈黙。

少し前方に帰宅部と思しき生徒が歩いているが、この周辺は静かなものである。

しかしそれも長くは続かない。十秒ほど経過したところで彼女は顔を上げた。

「……いいの？」

「むしろこっちがいいの？　って尋ねたいくらいだよ」

こんな頭のおかしい奴が関わっていいのか、と。

「いいよ」

――即答だった。

寒風が吹きすさぶ。胡桃さんの艶やかな黒髪が緩やかに揺れる。

彼女は髪を手で押さえ、うっすらと微笑んだ。

夕焼けを背にしたその姿に、思わず見惚れてしまう。だからこそ、

「結婚して欲しい」

プロポーズの言葉がするすると出てきてしまうのも仕方なかった。愛が溢れてやまない。

「……はぁ」

大きくため息をついたかと思うと、踵を返して駅へと向かう胡桃さん。

まさかのスルーに少し驚いていると、彼女は首だけこちらに向けて告げた。

「帰らないの？」

その言葉に、思わず口角が上がる。

俺は足早に彼女に追いついて、隣に並ぶ。

「手でも繋ぐ？」

「調子に乗らない」

「それじゃあ連絡先を交換しよう」

「何がどうなったらそうなるの……はぁ」

しぶしぶといった様子を前面に表しつつもスマホを取り出す胡桃さん。

その姿を見て、彼女との距離が少し縮まった気がした。

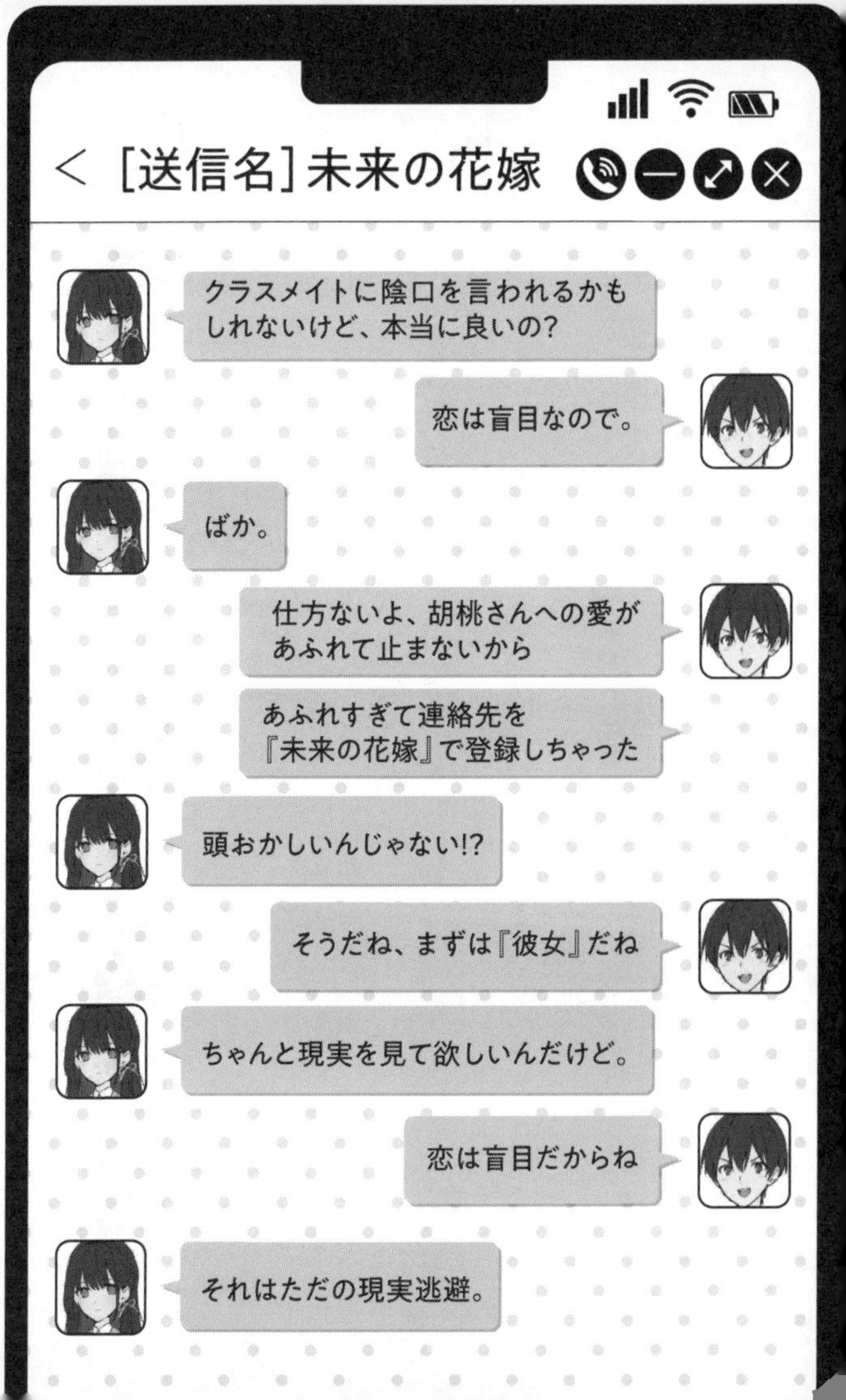

< [送信名]未来の花嫁
クラスメイトに陰口を言われるかもしれないけど、本当に良いの?
恋は盲目なので。
ばか。
仕方ないよ、胡桃さんへの愛があふれて止まないから
あふれすぎて連絡先を『未来の花嫁』で登録しちゃった
頭おかしいんじゃない!?
そうだね、まずは『彼女』だね
ちゃんと現実を見て欲しいんだけど。
恋は盲目だからね
それはただの現実逃避。

第二章 お泊まりイベントとハプニング

飛び降りる直前の同級生に『×××しよう！』と提案してみた。

1

胡桃さんとの距離が縮まってから一週間が経過した。

俺は今まで話しかけることができなかった彼女と関わりを持つことが嬉しく、それはもう求婚を続ける日々を送っている。

最初は渋い顔で逃げていた彼女も、あの日以降、ため息をつきながら話に耳を傾けてくれるようになったし、最近に至っては昼食を共にすることが叶っている現状だ。

そんなこんなで、これはもう結婚まで秒読み段階に入ったな、と思い始めていた今日この頃であったが……。


——俺はドキドキしていた。

心臓が張り裂けそうで、口から胃がこぼれ落ちそう。こぼれてきたら水で洗ってみよう。カエルみたいに。げこげこ。いやいや、そうではない。そうではないのだ。

緊張のあまり思考がおかしくなっていた。なんだよカエルって。

俺が緊張している理由はただ一つ。

それは現在隣に座っている一人の少女が原因だ。

場所はマンションの上層階に位置する胡桃さんの部屋。

なんでも自らが稼いだお金で一人暮らしをしているらしい。

モデルだけでなく女優業も始めようとしていた彼女は、それなりに稼いでいたそうだ。

実際のお値段は聞いていないが明らかにお高い匂いがプンプンと醸し出されている、感じのモダンな雰囲気が特徴のシャレオツなお部屋である。

その部屋のソファーに、俺は腰を沈めていた。ふかふかだ。これは高いに違いない（確信）。

……また思考が脱線してしまった。今はソファーの感想などどうでもいいのだ。

窓の外がとっぷり暗くなっているとか、部屋の中を照らす照明が妖しい雰囲気を演出しているとか、そんなことよりもっと重要なことがあるのだ。

——それは、現在進行形で頬を上気させ、俺の肩に頭を乗せている胡桃さんの存在。

「ん……んむぅ……」

「あばばばっぱばばば」

「うりゅしゃいぃぃ…………」

「（あばばばっばばばっばばば）」

どうしてこうなったのか、足りない脳で俺は必死に思い返す。

あれは本日の学校でのこと――。

☆

「子供は何人欲しい？」

「……」

「俺はそんなに多くなくていいと思っているんだ。ただそこに愛さえあればいいと思うんだ」

「へー」

教室で弁当を食べながら胡桃さんと楽しくお話をする。

内容は結婚後の話だ。先日まで結婚以前の話を行っており、初デートは無難にTDL（某夢の国）、結婚式はハワイで、というところまで決まった。返事はなかったが『返事がないということは肯定と受け取れ』と深夜アニメの渋い親父が言っていたので間違いない。俺も将来はイケオジになりたいものである。

「家はどうしようか。やっぱり最初は賃貸で、ゆくゆくは戸建てに――」

「ねぇ」

俺の言葉に割り込んできたのは胡桃さん——ではなく、金髪つり目のギャルだった。

クラスカースト上位に位置している女子生徒で、名前は小倉。胡桃さんをハブっている女子グループの頭目である。彼女の後ろには取り巻きと思しき三人の女子生徒の姿。

突然の闖入者に、胡桃さんもたこさんウィンナーへと伸ばしていた箸を止める。

「と言うか胡桃さん、今日はお弁当なんだね」

「……まぁ。コンビニ食だけだと、身体悪くなるし」

「とてもおいしそうだね、一つもらっていい？」

尋ねると、彼女は俊敏な動きで弁当箱に蓋をする。

「だ、だめ！」

「なんで？」

「お、おいしくないから。上手じゃないし」

「気にしないのに」

「私が気にするの」

それに、と彼女は続ける。

「上手くできるようになったら、一口くらいあげてもいいから。だから今はだめ」

「……っ、胡桃さん！」

幸せで胸がいっぱいになる。いかん、嬉しすぎて涙がちょちょぎれそうだ。

――なんてことをしていると。

「ちょ、ちょっと！　無視⁉」

小倉と取り巻きが鋭い目で睨みつけてきた。

「……」

「……」

「今度は無言⁉　な、何か言いなさいよ！」

俺も胡桃さんもどちらに話しかけられたのかわからず黙り込んでいると、そんな抗議の声が寄せられた。

「あー、それじゃあ何？　何か用なんすか？　見てわかる通りいちゃいちゃしている最中なんで、関係ない人にはゴーアウェイしてもらいたいんですが。つーかしろ。消えろ、失せろ」

早口に言うと、机の下で胡桃さんに足を蹴られた。

それで一瞬にして怒りで頭に血が上っていたのだと気がついた。

ダメだ。嫌いな相手だからと言って口汚く罵れば、俺も同じレベルまで落ちてしまう。

せいぜい心の中でとどめておくべきだろう。

「（消えろ消えろ消えろ消えろ消えろ……）」

「な、なに睨んでんのよ！」

「は？　睨んでないが？　言いがかりはやめてもらいたいな――あ痛」

机の下でまた蹴られた。

「なに？」

俺の言葉が詰まったのを見計らったかのように、胡桃さんが口を開いて小倉に話しかける。

「……はっ、ただ目障りだって言いに来たの」

豊満な胸の下で腕を組み、鼻で笑う小倉。

胡桃さんは声のトーンを明らかに落として、彼女の理不尽極まる言葉に疑問を呈する。

「なにが？」

「そこの頭がおかしい奴といちゃつくのは勝手だけど、キモいし不快だから教室で騒ぐのはやめろって話」

頭がおかしい奴、ってそんなに浸透してたのか。胡桃さんや桐島くんに言われる分には何とも思わないが、こいつから言われるとさすがにムカつくな。

「…………てない」

「は？　何？」

「別に…………て、ない……っ」

「だから聞こえないんだけど？　言いたいことあるならはっきり言えばぁ？」

にくったらしい顔で耳に手を当て聞き返す小倉。放たれる言葉は馬鹿にした雰囲気を多分に含み、空気がドンドン悪くなる。先ほどまでの甘い空気はどこにもない。

それにしても改めて実感するが、俺はこいつが大嫌いだ。

と言うか、そもそもこいつが全ての始まりなのだ。

『モデルかなにか知らないけど、あいつ最近調子乗ってない？』

そんなありきたりな言葉が最初。他にも、

『男にちやほやされたいだけのビッチじゃん』

とか
『美人は得だよねー』

とか
『どうせ大人とヤってんでしょ。枕よ、枕』

とか。

事実無根の噂話を小倉はクラスの女子たちにばらまいた。

当時、モデルの仕事が好調に進み、女優業の話を目前に控えていた胡桃さんは、あまり学校に来ることができておらずクラスに馴染めていなかった。

そして、気が付いた時には彼女の居場所はなくなっていた。

俺はそれを見ていることしかできなかった。足が動かなくて、身体が動かなくて、息苦しい空気の中で胡桃さんを応援することしかできなかった。だけど……その結果、彼女は自殺しようとするまで追い詰められた。——だから、俺は吹っ切れたのだ。

そうして今に至る。

だから俺は小倉が嫌いだ。

今だって調子に乗っている小倉の顔面に渾身の右ストレートをお見舞いしてやりたいと心の底から思っている。と言うかしよう。そうだ、してやろう。ムカつくし。

ガタッと立ち上がり腕を振り上げようとして――

「べ、別に、いちゃついてない！」

胡桃さんが叫んだ。

何の話？　と一瞬思ったけれど、そう言えば教室でいちゃつくな云々の話だっけ。

「な、なんと言うか、流れで一緒に居るだけで……、それに頭おかしいし、いちゃつくとかそんなのまったくない！」。

「酷くない!?」

「本当のことでしょ!?」

「いやいや、嘘っぱちだ！　いちゃいちゃしてるじゃん！　結婚後の話もしているじゃないか！」

「それはあんたが一方的にしてるだけで、私はしたくないんだけど!?」

「と言いつつ本当は？」

「したくないけど!?」

「またまた～ツンデレだなぁ」

「嗚呼っ、ほんっと頭がおかしい！」

叫んで頭を抱える胡桃さん。頭がおかしいことは自覚しているが、好きな人からずばずば言われるのはちょっとショック。ショックのあまり新しい扉を開いてしまいそう。……こういうところがおかしいんだろうなぁ。

「な、なんでまた私を無視してんのよ！」

胡桃さんに視線をやっていると、話に割って入ってくる小倉。マジでこいついらない。

「あ、まだ居たの。どっか行ってくれない？」

「～～～っ！　私、古賀も嫌いだけどあんたはもっと嫌いっ！」

「奇遇だな、俺も大嫌いだ。今すぐ転校してくれ。そうでなければ家に引きこもって一生出てこないで欲しい」

「しかも古賀より当たりが強いし、頭がおかしいから余計に面倒くさい……っ！　くそ、死ねっ！　死にさらせっ！」

「お前がくたばれ小倉ぁ！」

売り言葉に買い言葉。

捨て台詞を残し去って行く小倉の背中に中指を突き立てつつ、吠える。

「下品だからやめなさい」

「はい！」

元気に返事をすると、胡桃さんは大きくため息をついて何かを呟いた。

「はぁ……何でこれが、たまに格好よく見えるんだろ……」

残念ながら声が小さすぎて何も聞こえなかったが、何はともあれ小倉を退けた俺たちは食事を再開した。

やがて昼休みも終わりに差し掛かった頃、胡桃さんが席を立つ。

「どこ行くの？」

「……女子にそういうことを尋ねない」

その一言ですべてを察知。なるほど。つまるところお花を摘みに行ったというわけか。

胡桃さんも人間離れした美しさを持っているがそれでも人間だ。生理現象には逆らえない。

……何だか興奮するな。

そんなことを考えて忠犬ハチ公よろしく胡桃さんの帰還を待ち望んでいると、何やら甲高い笑い声が聞こえてきた。小倉たちのものだ。姦しいったらありゃしない。下品で気持ちの悪い神経を逆なでするような笑い声。

俺は胡桃さんが戻ってくるまで、弁当箱を片付けたり、くっ付けていた机を元に戻したりして時間を潰す。

しかしその昼休み、胡桃さんが戻ってくることはなかった。

胡桃さんが再度教室に姿を現したのは五限の授業が始まってしばらく経った頃だった。

教室後方のドアがガラガラと開かれ、彼女はそこに立っていた。

「おい古賀、授業はとっくに始まってる——ぞ」

教師が胡桃さんへ顔を向け、ぎょっと目を見開く。普段温厚な彼がそこまで大きく表情を変えることは珍しい。けれどそれも仕方がなかっただろう。

何故なら彼女は、頭から足先までずぶ濡れだったのだから。

ぴちょん、ぴちょん、と聞こえるのは水滴の落ちる音。

胡桃さんは顔を伏せ、寒そうにぐしょ濡れの制服を抱きしめる。指先は震え、垂れ下がった髪の隙間から覗いた瞳には大粒の涙が溜まっていた。

そして、姦しい小倉たちの笑い声が、一瞬にして俺の脳を沸騰させた。

……嗚呼、やはり嫌いだ。嫌いだ嫌いだ嫌いだッ！　俺はこいつらが心底嫌いだッ！

だからこそ、クラスメイトの面前だろうと、教師の眼前だろうと、相手が女子であろうと関係ない！　俺が世界で一番好きで、俺が世界で一番愛している人を傷つけて嗤っていやがるこいつらを、このまま野放しにすることを俺は到底許容できないッ！

「このっ、くそ野郎がッ！」

ガタッと音を立てて立ち上がってケラケラ笑う小倉たちを睨みつける。

「な、なに⁉」

小倉のヒステリックな声が苛立ちを逆なでする。

キンキンキンキン癪に障る声で鳴く犬っころを、俺は許容できない。

「黙れよ、ぶっ殺すぞ小倉ァ！」

俺の声に呼応するように立ち上がった小倉。

彼女は俺から目を逸らさず、一歩二歩と後ずさる。

それを見て反射的に追いかけようとして、

「ねぇ！」

——瞬間、胡桃さんが大きな声を上げた。

彼女らしくないその行動は、しかし俺の思考をクリアにしていく。

脳内を支配していた怒りが四散して、幾分か冷静さを取り戻させた。

小倉を追おうとしていた足を胡桃さんへと向ける。

そんな俺を視界には収めずに、彼女は言葉を続けた。

「私、寒いんだけど……」

震えた声。

「……あ、ああ、ごめん」

腰が抜けたのかぺたんと座り込む小倉をしり目に胡桃さんに近づいて、自身の制服の上着を彼女に着せる。一瞬触れた肌は非常に冷たくて、己のふがいなさに苛立った。

胡桃さんがこんな状態なのに、何をしているんだ俺は。

今は何よりも胡桃さんを大切にしなければならない状況だったというのに。

小倉への激情はあくまでも俺の事情で、冷静に考えれば俺に小倉を裁く権利はない。

だからこそ、優先順位を間違えるな。


「まだ、寒い」

胡桃さんの肩を抱くと僅かに震えていた。

唇も青く、このままでは体調を崩すのが目に見えている。

「……じゃあ、帰ろうか」

「…………ん」

小さく、しかし確かに首肯したのを見て、俺は彼女の鞄を持つと冷たく震える手を取って、教室から歩き出す。

「お、おい、お前ら!」

後方から教師の声が聞こえてくるが、止まる気はさらさらなかった。

☆

校門まで胡桃さんと並んで歩く。

先ほどの教師の声は思いのほか大きかったらしく、途中の教室から廊下を歩く俺たちに――より正確にはびしょ濡れの胡桃さんに好奇の視線が注がれた。鬱陶しいことこの上ない。

お互いに無言のまま校門までやってくると、その静寂を打ち破る。

「タクシー呼ぶけど、いい？」

「……うん」

電話をかけて待っている間、ハンカチを渡して簡単に身体を拭いてもらう。あまりにびしょ濡れのままだと乗車拒否されてしまう可能性があったからだ。

しばらくしてタクシーがやってくる。

困惑の様子を見せる運転手を何とか説得し乗り込み――と、そこでどこへ行くのか考えてなかったことに思い至った。

とりあえず俺の家だろうか。胡桃さんも自宅に俺を招きたくないだろうし。

しかしそんな考えも、彼女が自宅の住所を口にしたことで霧散した。

車内は暖房が効いているものの、胡桃さんが温まっている様子はない。

数十分ほど揺られて停車。料金を支払って外に出る。

冷たい風が体の熱を一瞬にして奪い去っていく。

なんでもない俺でさえ寒いと感じるのだから、胡桃さんはもっと辛いに違いない。

到着したマンションは見るからに高そうだった。

「……入って」

「いいの？」

てっきり入口までのお見送りかと思っていた。

「……今回だけ」

マンションのエントランスを抜け、エレベーターで昇る。

終始無言。俺は階層を表示するデジタルをぼうっと眺める。

上昇するエレベーターの中、不意に胡桃さんの左手が俺の右手の甲に当たった。

それはほんの少し触れる程度のもの。しかし離れることはなく、むしろ胡桃さんはグッと押し付けてきて——俺はその手を握った。

じんわりと交換される互いの体温。当たり前だが俺の方が高くて、冷たく感じた。だけどそれも最初だけで、しばらくすると溶け合ったように同じ体温になる。

手はエレベーターを降りても繋いだまま。廊下を歩き、玄関の扉を開けて、一息ついた頃になってゆっくりと離された。

思いもあって――。

確かにすぐにでも温めるべきだが、その前にこのどんよりとした嫌な空気を吹き飛ばしたい

当然のことだが余程寒かったのだろう。着いて早々にそう告げた。

「……シャワー浴びてくる」

「背中流そうか？」

「……入ってきたらシャワーヘッドで頭蓋骨が陥没するまで殴るから」

「よし、それじゃあ一緒に入ろうか！」

「この変態……はぁ、普通に嫌だから入ってこないで」

「それじゃあ仕方がない。ゆっくり待っているとしようかな」

シャワーを浴びにバスルームへと消えていく胡桃さんを見送り、部屋を見渡す。

白と黒を基調とした室内はかなりオシャレな雰囲気であったが、同時にとても簡素な部屋だった。必要最低限の家具と観葉植物。

他にはあまり物が置かれておらず、ある日ふと、この部屋の住人が消えても違和感がないような、そんな部屋だった。

ダイニングテーブルと四人分の椅子。ベランダが併設された大きな窓の近くにはソファーが置かれ、ガラステーブルを挟んで巨大なテレビ。どれもかなり値が張りそうだ。いくら人気のモデルだったからと言って高校生でここまで稼げるものなのだろうか。

そんなことを思いながら、ソファーに腰を落ち着ける。

好きな人の家で手持ち無沙汰という夢のような状況に、もっと色々散策したい気持ちを抱いてしまうがさすがに自重。

現状、胡桃さんには俺以外の味方が居ない。

桐島くんは敵ではないが味方でもない。

さらに家族とは別々に暮らしているそうだし、女子の友人も居るようには見えない。

モデル業の方も活動休止中。

そんな状況で、俺が胡桃さんに不安を抱かせるようなことは絶対にできない。

手慰みにスマホを取り出す。鞄は学校に置いてきたがポケットの中に自分のスマホだけは入っていた。現代人の性と言える。

ＬＩＮＥのメッセージが飛んできていたので確認すると、桐島くんからメッセージが届いていた。

桐島：忘れ物は俺が預かった
俺：ひぃぃ……そんなぁ……
俺：鞄ちゃんは……鞄ちゃんは無事なんですか⁉
俺：せめて声だけでも聞かせてくだしあ

桐島：ふっ、いいだろう
桐島：『音声ファイル（鞄のチャックを開ける音）』
桐島：無事に解放して欲しければ、言うことを聞け
俺：はい……
桐島：古賀胡桃の面倒を最後まで見ろ
桐島：それが完遂された時、こいつを返してやる
桐島：もし解決していないのに学校に来てみろ
桐島：鞄ちゃんとは二度と会えないと思うんだな
俺：わ、わかりました！

くだらないやりとりを終えてスマホを切るのと、胡桃さんが浴室から出てきたのとは、ほぼ同時だった。

「あ、温まった？　——っあ！　くぉわっ！」

素っ頓狂な声を上げてしまうのは許して欲しい。
だって俺の眼前に居たのはお風呂上がりの胡桃さんなのだから。
かわいいいぃいぃいぃ！　綺麗！　色っぽい！
その身に纏うのはラフな部屋着。ダボッとした黒の長袖Tシャツに、スウェットのズボン。

モデルとして活躍していた彼女は、制服だろうと私服だろうと、絶対にずぼらな服装は選ばなかった。

しかし今、現在進行形で彼女はラフな服装に身を包んでいる。

毛先からはバスタオルで拭いきれなかったのだろう水滴がぽつりぽつりと落ちてフローリングを濡らしている。

「ふぅ、ごめんね、ほったらかしにして」

お風呂で温まったことで気が休まったのか、とろんとした目で見つめてくる胡桃さん。

「あ、ああ、ああっ！」

「な、なにっ⁉」

「ありがとうございます！　素晴らしい！　写真に収めたく思うのですがよろしいでしょうか⁉」

「よろしくないんだけど⁉　って言うか、気持ち悪いんだけど……」

「だって可愛いんだもん！　いつもは綺麗なのにいきなりこんな可愛い姿見せられて、平静を保てって方が無理だよッ！」

「……はぁ。コーヒーとココアとお茶、どれがいい？」

ため息をついた胡桃さんはキッチンに向かいながら問いかけてきた。

どうやらもう相手はしてくれないらしい。

もう少し押し問答をして、是非とも待ち受けになる写真を撮影したかったのだが……しかし、ここまで拒絶されたのに写真を撮るような真似はしない。

俺は居住まいを正しながら「じゃあコーヒーで」と注文。

しばらくするとマグカップに注がれたコーヒーがやってくる。胡桃さんはココアのようだ。

マグカップはお揃い。新婚みたいで嬉しい。

「なんだかこうしてると新婚みたいだね」

「……」

「楽しいだろうなぁ、胡桃さんとの結婚生活。愛に満ち満ちた素晴らしい家庭。ご近所さんからはおしどり夫婦なんて呼ばれたりして——」

「……」

「……胡桃さん？ どうしたの？」

無言を貫く胡桃さんに声をかける。

彼女は俯きながら手に持っているマグカップの中へと視線を落としていた。

それからしばらくして、ココアを一口。ほぅ、と息をこぼす。

「なんか、疲れたなぁ……って」

「……」

「『話聞くよ？』とか言わないの？」

「聞くも何も、大体の事情は知ってるからね」

「あー、そう言えばストーカーなんだっけ」

「酷いなぁ。……見てたからわかるだけだよ」

彼女を取り巻く現状。

クラス内での孤立、女子からの虐め、加えてモデル業と女優業に対するストレス。

俺はそれらを知っている。見てたから。ただ、見ているだけだったから、知っている。

「それをストーカーって言うんだけど……はぁ」

大きくため息をつくと、彼女はココアを一気にぐいっと飲み干した。

空いたマグカップを持ってキッチンへと赴き、戻ってきた時にはいくつかの缶や瓶を携えていた。

「って、それお酒じゃん。駄目だよ、未成年が飲酒したら」

「まだしてない！　——その、自殺する前にどんな味なんだろうって試したくなっていろいろ買い込んでたやつ。これ以外にもたくさんネットで買った。ビールとか、酎ハイとか、ワインとか、日本酒とか……」

「それで、それを持ってきてどうするの？」

おおよその想像はついていたけれど、尋ねるのは重要なことだ。

案の定、俺の問いに胡桃さんは淡々と答えた。

「今から酒盛りしない？」

☆

胡桃さんの質問に答えることを一瞬躊躇ったのは、俺にはまだ少し常識が残っていたからだろう。未成年はお酒を飲んではいけない。それは常識であり法律で決まっていることである。

しかしながら、胡桃さんは淡々とそれを破ろうと誘ってきた。

――いつもの胡桃さんじゃない。

別に、未成年が自宅で酒を飲むなんて、バレなければそこまで咎められることではない。

禁止されているし、いけないことではあるけれど、未成年が一口二口飲んだところで身体になにか大きな問題が発生するわけでもない。

しかしながら、そういったバレなければいいだろう、という考えでルールに背くという行為を嫌うのが、古賀胡桃という少女なのだ。けれど彼女は言った。

酒を飲もう、と。

常識なんてどうでもいいと言わんばかりに。

それはまるで、まともではいられなくなった俺のようで――いや。そうか、そういうことか。

気付いてしまえば当たり前のことで、むしろどうして今まで気付いていなかったのか。

――そもそも、自殺しようとした少女がまともな訳がないのだ。

胡桃さんはきっと、悩んで、悩んで、悩み疲れて、病んでしまったのだろう。

頭の中の重要な歯車が、ズレてしまったのだ。

「よしっ、それじゃあ飲もう！」

だからこそ、彼女の誘いに俺は乗る。胡桃さんがそう望むのなら、そうして欲しいのなら、俺は喜んで酒におぼれようじゃないか。

それになにより胡桃さんとお酒を飲みたい。より具体的には酔った胡桃さんを見てみたい。

……他意はないよ？

「いいの？」

「もちろん！　ちなみに俺もお酒を飲むのは初めてだよ！」

「ほんとに？」

「そりゃあもう、善良な市民代表と言っても過言ではない男子高校生が俺だよ？　極悪非道飲酒なんて考えたこともない！」

「嘘くさいなぁ」

「ほんとほんと、飲んだことないっていうのはマジ！」

「……それじゃあさ、こうやって飲もうって誘ってる私に引いてたりする？」

不安げな瞳を向けてくる胡桃さん。今すぐに抱きしめたいけれど、我慢してその不安を吹き飛ばす。笑顔になって欲しい。不安な顔は、君には似合わないのだから。

「まさか！　胡桃さんの初めてをいただけて嬉しいよ。お酒を飲んだ後はらんでぶーと相場が決まってるからね。……というわけで乾杯しよう！　すぐにしよう！」

「へ、変態っ！　しないからね!?　酔っ払ってもしないから！」

「ふふふっ、それはその時考えるとしようじゃないか」

「うわ、今の笑い方は本当に気持ち悪かった。さすがはヤバ宮くん」

「俺をその名で呼ばないで！」

言って、テーブルの上に並べられた酒を見る。

さて、飲むとは決めたがどれにしようか。卓上には見たことある酒からない酒まで。ふと目に留まったのは透明の瓶に入った透明のお酒。見たことないお酒だ。

名前は、す、すぴ、すぴりぃーたす？

「見たことないなぁ」

「あ、それ私も知らないお酒なんだけど……ここ見て」

胡桃さんが指示したのはアルコール度数が表記されているラベル部分。——96%

「え」

「なんか、世界で一番度数が高いみたい」

「な、なるほど」

「その、どうせ最期に飲むならって思って買ったやつなんだけど……それにする?」

なんと切ない理由だろうか。

そんな悲しい思い出は、これから先引きずってしまわないように塗り替えておくべきだ。

「なるほど……よし、それじゃあこれ飲もうか」

「わかった」

胡桃さんは一度キッチンに引っ込むとガラスのコップを二つと、お菓子の小袋をいくつか持ってくる。所謂おつまみというやつだろう。父が食べているようなスナック系から、オシャレな感じのチョコレートまで。……と言うかこれ、ウイスキーボンボンなんだが。

今からお酒飲むのにおつまみまでお酒とはこれいかに。

内心で苦笑をこぼしていると、胡桃さんは96%を手に尋ねてくる。

「これ、どれくらいがいいんだろ」

「まぁ度数が高いし少しの方がいいんじゃない?」

わかった、と言って胡桃さんはコップに半分ぐらい注ぐ。父は20%の日本酒をお猪口でちびちび飲んでいた気がするので、ちょっと多い気がするが、今更もう遅い。

同量の酒が俺のコップにも注がれる。

持ち上げて匂いをかいでみると、かなりキツイ匂いが鼻を貫いた。

「『おぉっ』」

思わず冷や汗が背中を流れる。

胡桃さんと視線を交わすと、彼女の目にも『これはちょっとやばいんじゃない？』と言わんばかりの焦りが見え隠れしていた。

「く、胡桃さん。乾杯の前に少しお菓子でも摘まない？　ほら、空きっ腹にお酒はすぐ酔いが回るって言うし」

「そ、そうね」

俺はどれにしようかと少し迷った後、ウイスキーボンボンへと手を伸ばす。

すると、ちょんっと同様に手を伸ばしていた胡桃さんの指が触れた。

「……っ」

瞬間、胡桃さんがサッと手を引く。

顔を見ると、僅かに赤くなっていた。先ほどまでの風呂上がりの赤さとは少し違って見える。

「胡桃さん？」

「へっ？　あ、や、ちょっとびっくりしただけだから」

「なるほど。……えい」

本当かどうか気になったので手を握ってみると、

「ひぁっ！」

聞いたこともない可愛らしい声を上げて彼女は手を引き——ゴンッ。

胡桃さんの肘がテーブルの隅に置かれていたコップや瓶にぶつかり、96％がたぷたぷとフローリングに水溜まりを形成した。とてもではないがもう飲めない。

「あっ」

「け、結構高かったのに」

「ご、ごめん！　胡桃さん！　少しふざけすぎた」

「いや別にそこまで……うん、大丈夫だから。むしろ——」

そう言って二人揃ってこぼれた96％を見つめる。

すると何ということだろう。虚しさと同時に、どこかちょっと安心してしまった。

☆

こぼしたお酒を片付けて、一息。

ソファーに腰掛けつつガラステーブルに目を向けると、そこには缶ジュースが並んでいた。

先ほどの96％の匂いを嗅いで、お酒はまた今度にしようと相成ったのである。

代わりに用意されたのが健全な飲み物たち。

「ま、まぁ、お酒は二十歳になってからということで」

「……そう、だね。……うん、二十歳になってから」

何か含みのある言い方に胡桃さんを見ると、並んだジュースの中から炭酸梅ジュースを手にしていた。その表情は僅かに微笑んでいる気がする。

……二十歳になってから、か。

俺もコーラを手に取ると二人揃って「「乾杯」」とカンっとぶつけた。

「それにアルコールならウイスキーボンボンがあるし」

「さすがにそんなのじゃ酔わないわよ」

☆

「あ〜、もう嫌ぁああ〜。なんで私が虐められなきゃならないのぉ⁉」

ジュースを飲み始めてしばらく。窓の外はすっかり暗くなっていた。

何時だろうと時計を見たら長針と短針が合計四本に見えた。

「……？」

俺は時計から視線を逸らして、すぐ隣で炭酸梅ジュースを片手にくだを巻く胡桃さんを見る。

髪は乱れ、頬は上気し、その距離感は熱を感じるほど。

何かおかしい気がするが……まぁいっか！

「本当だよ！　何で胡桃さんが虐められるんだ！　腹立たしい！」

「うん、ヤバ宮くんはよくわかってる！　さすがすとぉかぁー」

「ストーカーじゃない！　愛だ！」

「愛？　……私のことそんなに好きぃ？」

あざとく唇に人差し指を当てて、わかりきったことを尋ねてくる胡桃さん。

そんな仕草に俺の心はもうメロメロ。

まぁ常にメロメロだけども。

「大好きぃぃぃいいいいいっ！」

「あははっ、酒くさっ！　ういすきぃぼんぼん食べすぎじゃないの～？」

「胡桃さんも……くんくん、はぁはぁ」

「んふふ、私の匂いで興奮してるの？」

「はい！　めちゃくちゃ興奮してます！　だから俺とセックスしようっ！」

「えぇーでもなぁー、うーん」

「え⁉　悩んでくれてる⁉　これはワンチャンあったりするの⁉」

「まぁ、私が好きっていうのは伝わるしぃ～、でも喋るようになってまだ日も浅いしぃ～、そもそも処女がバレるの恥ずかしいしぃ～」

「っ⁉　し、ししし、処女なの⁉」

「すとぉーかぁーのくせに知らなかったのかよぅ」

「知らなかった！」

「嬉しい？」

「嬉しい！」

「ふぅーん」

ニヤニヤしながら距離を縮めてくる胡桃さん。

元々かなり近かったのにそれ以上となると、身体が密着する。って言うか、さっきからずっと手を握られている。指と指を絡ませた所謂恋人繋ぎってやつ。妙に身体が熱いし、手汗だらだらだけど、そんなの気にしてられない。

ドキドキしていると、彼女は妖艶に微笑んで、耳元で囁いてくる。

「シたい？」

「……！　シたい！　けど、いいの？」

「うーん、そうだなぁ、どうしようかなぁ……。んー、まぁ、いろいろ助けてくれたしぃ……」

ちらっ、と横目で俺を見た胡桃さんは、もじもじと太ももを擦り合わせてから「よしっ」と意気込んで立ち上がる。急にどうしたのかと思っていると、胡桃さんは俺の太ももの上に向かい合う形で乗ってきた。

「……っ！」

柔らかい太ももの感触と、目の前にある整った顔立ち。思わず生唾を飲み込んでしまう。

「私のこと、好き？」

「大好き」

「世界中の誰よりも？」

「もちろん」

「んふふ……それじゃあ、私の目を見て」

胡桃さんの目を見つめる。とろんと酔いが回った彼女の瞳は煽情的で、今なお俺が理性を保てているのは奇跡と言っても過言ではない。

「好きってじゅっかい言って」

「え？」

「言えないの？」

「好き好き好き好き好き好き好き好き好き好き」

愛をささやくのに羞恥などない。躊躇いもない。

本心を思いのままに告げると、次の瞬間——俺の口が柔らかいもので塞がれた。

それは、胡桃さんの唇で——。

「…………っ⁉⁉」

突然の出来事に驚いていると、唇を割ってぬるりとしたものが口内に侵入してきた。

「……ん、ふぅ、はむ……んぁ、……ぇあ♡」

胡桃さんの鼻息と、吐息と、喘ぎ声が、俺の脳を溶かしに来る。

ぬるぬるとした軟体動物が如き舌が口内を這いずり回る。

手は首の後ろに回され、首筋を優しく撫でられ、どういうことかと間近にある胡桃さんを見てみると、とろんとした綺麗な瞳が俺をじっと見つめていた。

「はむ、……んむ、ぇる……ぁむ……♡」

駄目だ、これはとんでもない麻薬だ。

胡桃さんの匂いが俺に移り始めた頃になって、彼女は唇を離す。

「……、ん、ふぅ、くぷ……じゅる、……ぷはぁっ♡　……はぁ、はぁ」

「へ、へ？　……く、くりゅみしゃん？」

困惑している俺をよそに、胡桃さんは唇の端を持ち上げる。

「『好き』って言葉、私好き。だっていっぱい繋げるとキスになるから」

「……っ、く、胡桃さん！」

もう我慢の限界だった。俺は彼女を抱きしめ、今度は自分からキスしようとして――。

「すー。すー。……むにゃむにゃ」

「…………うそ、だろ？」

気持ちよさそうに眠っていた。

優しい寝息を立てる胡桃さんを起こすことは躊躇われるし、だからと言って寝ているところを襲う趣味もない。俺は彼女を愛しているから、愛の契りは両者合意のうえがいい。その合意をもらうために俺は彼女に『セックスしよう』と言っているのだから。

胡桃さんを膝の上から下ろしてソファーに座らせると、彼女はそのまま俺の肩に頭を置いた。

甘い胡桃さんの匂いが鼻腔をくすぐる。先ほどの情景を思い出してしまい、心臓が高鳴る。

ぐぅ、だ、駄目だ。恥ずかしい！

「ん……んむぅ……」

「あばばばばっばばば」

「うりゅしゃいぃぃ………」

「(あばばばっばばばっばばば)」

夜はまだ続く――。

2

私、古賀胡桃の家庭は平凡だった。

特筆すべきことは何もなくて、どこにでもあるごく普通の家族だった。

両親ともに仲が良く、私のことも愛してくれている実感があった。

学校にはそれほど多いとは言えなかったけれど友達も居た。クラスで目立つようなタイプではなく、大人しくて、だけど一緒に居て楽しいと思える確かな友達。

そんな、日本中どこにでも居る女子中学生。それが私、古賀胡桃だった。

——中学三年生になるまでは。

中学三年生の春、私はスカウトされた。モデルをやらないか、という誘い文句と名刺を渡されたのだ。両親に相談したうえで、私はモデルを始めた。

それから始まった順風満帆な生活は、しかしあまりにも上手くいきすぎていた。

ご都合主義が過ぎていた。

自分の容姿が整っていることは自覚していたし、モデルとしての撮影でもほとんどNGを出すことなくこなせていたことを考えるに、才能というやつがあったのかもしれない。

だから私の仕事はとどまるところを知らず、人気もうなぎ上り。

友達と遊ぶ時間は減った。——と、思ったけれど、よく考えれば友達とは学校でともに行動したり話したりするだけで、休日にどこかへ出かけた記憶はない。だから『減った』と感じたのは、学校で話す機会が少なくなったから、だろう。

自身の意識の変化か、彼女たちの意識の変化か、それはわからない。

でも私は気付かなかった。余裕がなかったとも言える。

ある日、あまりにも上手くいくものだから、私は怖くなった。

活動を休止しようか、なんてことは何度も脳裏を過ったが、両親——特に母の喜ぶ姿を見ていたら何も言えなくなって、活動に精を出す。

やがて高校に進学したが、仕事の都合で登校できるのはほんの僅か。

クラスには馴染めず孤立し、私は一人で本を読むぐらいしかない。

周りの人との距離が開いていく。

息苦しくて、直視したくなくて、そんな現実から逃げるように仕事に打ち込み、そして当り前のように成功した。

女優をしないか、という話が持ち上がったのは高校一年の二学期も終わりの頃だった。

その頃だ、何かが狂い始めているると明確に気が付いたのは。

学校での自身の扱いがおかしくなり始め、母も私に仕事をさせて成功することこそが生きがいだと言わんばかりにのめり込んでいく。

何かがおかしい。上手くいっているはずなのに、言いようのない不安感が胸中を支配して仕方がない。足元が不安定で、いつ崩れるかわからないような、そして崩れ去ってしまえばもう立ち直れないような、そんな不安感。

仕事で成功する自分と、目を逸らしたい学校生活によって生み出される歪み。

きっと少しずつずれていったのだ。何か、大切なものが。

そして決定的な一撃を入れたのは父の別居だった。

父は誠実で優秀な人だから、わかったのだろう。

このままだと、遠からず家庭崩壊が起きるということを。

父は私にも家を出て、三人とも一度距離を置くべきだと言った。

母が反対すれば「そうか」と言い残し、家を出ていった。

それが正解なのかはわからない。わからないけれど、今のままが不正解なことだけはわかった。

私も父の意見に賛同し、母には申し訳ないと思いつつも家を出て、同時に仕事も休止した。

しかしそうして始まった独り暮らしは、寂しさを私にもたらすだけだった。

それまで打ち込んでいた仕事がなくなったことで、現実を見せられる。

居場所のない学校は辛い。それどころか虐められる。

やめて、と言いたい。けれど声が出ない。

中学生の時分にできていたことが、できなくなっていた。

気が付いた時、私は洗面台の剃刀をじっと見つめていた。

そのことに気付くと同時に、恐ろしいほどの疲れが身体を支配していることを自覚した。

心は摩耗し、何度も何度も叫び出したい気持ちになるけれど、どこか冷静な自分が無駄だと笑う。

……なんで……どうしてこうなったの？

頭を掻きむしりたくなるけれど、やはり冷静な自分がそれを制す。

ぎりりと奥歯を噛み締め吐き出したい叫びは、嗚咽となって小さく消えた。

相談できる人など誰も居ない。

仕事用のスマホを充電しなければ、連絡を告げる音は何も聞こえない。

「……」

私用のスマホはうんともすんとも鳴かない。

これが私の交友関係だと思うと、涙も出なかった。

☆

目が覚めると、私は誰かに寄りかかって寝ていた。

隣から聞こえる規則的な寝息は誰のものだろうか。私の知る寝息など、両親ぐらいのものだが、そのどちらでもない。

寝惚け眼を擦りながら身体を起こし、のびをしながら確認する。――と、その時毛布を掛けられていたことに気が付いた。掛けてくれたのは十中八九、隣で寝息を立てる少年だろう。

私は彼の膝に毛布を掛けて、立ち上がる。目の前には散乱するジュースの空き缶。何本空いているのだろうか。兎にも角にも今は喉がカラカラで死にそうだ。

暖房を点けっぱなしにしたせいなのか、空気が乾燥している。

「水、水……と言うか、何であんなところで寝てたんだろ……」

キッチンでコップに水を注ぎ、一気に呷る。

するとそれまで頭痛と共にかかっていた靄のようなものが僅かに晴れて、おぼろげながらも記憶が復活してきた。

今日、私は学校で虐められて彼に泣きついた。

いつもいつも頭のおかしい言動を繰り返す彼だが、しかし、どこまでも私の味方だった。

不安に溺れそうになっていた私の手を取ってくれるだろう唯一の人。

ぽーっとした頭で、ソファーで寝息を立てる彼を見る。なんだろう、顔が熱い気がする。

とにかく、彼を連れて自宅に帰ってきた私は、シャワーを浴びて、そしてたまっていたストレスを発散するために酒を飲もうとしたけど、結局ジュースで乾杯して、それから確か――。

気が付くと、私は自分の唇に指を這わせていた。

そうだ。キスを、した。

「……はぁっ⁉　な、なんでなんで⁉　意味わかんないんだけどっ⁉」

混乱して思わず叫びそうになるのをぐっと堪えて小声で吠える。

ど、どうしてキスしてしまったの⁉　意味がわからない！　だ、だってあいつは頭がおかしいし、変態だし、いきなり『セックスしようっ！』とか言ってくるし、愛してるって言ってくるし、好きって言ってくるし、何を言ってもそばに居てくれるし、不安な時に隣に居てくれるし、私を第一に考えてくれるし、かっこいいし…………って、あれぇ⁉

「ない、ないっ⁉　そ、そんなわけないっ！」

思わず頭を抱えてしゃがみ込む。

嘘だ、そんなこと、だってあいつは、あいつは異常で、空気が読めなくて、将来のこととか話し出すし、子供は何人欲しいとか聞いてくるし、虐めっ子に立ち向かうし、私を非難する空気を破壊するし、私のためにすごく怒ってくれるし、優しく手を握ってくれるし……。

「ぐぅ！　そ、そんなはず……っ！」

――だ、駄目だ！　これ以上考えるのは私の精神衛生上良くない！　言葉にしちゃ駄目だ！

私は残りの水を一気に口に含み、嚥下。

と言うか、状況を思い出すにどう考えても酔っているような言動をしている。結局お酒は飲んでいないはずなのに。もしかしてウイスキーボンボン？　ウイスキーボンボンが私をおかしくさせたの⁉　いやいや、そんなまさか。たとえ酔ったとしてもあそこまで見境なく泥酔するはずない。

スマホで調べてみると……『気化したアルコールでも酔う』の文言を発見。

思い出すのはこぼしたスピリタス。その度数は96％。

「……はぁ」

起こってしまったことを悔やんでも仕方がない。

気持ちを切り替えてからソファーで眠る彼の元へと向かう。その際、ふと時計を見ると時刻は夜十二時を過ぎていた。終電もないだろうし、もうこのまま泊めるしかない。

「はぁ、面倒くさい。うん、面倒くさい。……っ！　め、面倒くさいの！」

高鳴る心臓を押さえるようにぎゅーっと摑む。面倒くさいんだ、あんな変態を泊めるなんて！

とにかくシャワーでも浴びてもらおう。あいつの家への連絡は――その後でいいか。

私がするのもおかしな話だし。

「おーい、起きてー」

「……ん、むにゃむにゃ……」

「…………はっ⁉　なんで私はスマホを取り出してるの⁉」

カメラモードになっていたそれを戻してから肩を揺する。

しばらく動かすと彼はまぶたを押し上げて、私を捉えた。

「おぁ、胡桃さんおはよう。……そうだ！　さぁ、続きをしよう！」

彼は立ち上がり、私を抱きしめ、そしてキスをしてきた。

脈動が激しくなり、思考が真っ白に塗りつぶされ、ぬるま湯に浸かったような心地いい感じが身体中を支配して――私の頭は茹だった。
　あ、あわわわっ。

☆

　寝起きに可愛らしい胡桃さんの顔を発見したのでキスしたら、かなり激しく抵抗されて拒絶された。

「し、しし、しないからっ！」

「な、なんで⁉」

「なんで、って……し、しないものはしないの！」

「さっきは胡桃さんからキスしてくれたじゃん！」

「ぐっ……あ、あれは酔っ払ってたからで……」

「う、うぅ……つまりあのキスは遊びのキスだったたってこと⁉」

「何故か私がクズ男みたいになってるっ⁉」

「酷いっ、舌まで入れたのに……俺の、初キッスだったのに……」

「し――た、入れたっけぇ？」

　目を泳がせてすっとぼける胡桃さん。

「入ってた！　俺の口の中を舐め回してたじゃん！　もう好き好きオーラ全開って感じで、めちゃくちゃ可愛かったんだけど⁉　犯罪だよ！　重罪だよ！　俺の隣に無期懲役だよ！」

「な、舐め回してないし、言い回しがキモいんだけど⁉」

「好き好きオーラ全開なのは否定しないの？」

「ぐ……っ、き、嫌いでは、ない……」

「つまり好きってことだよね？」

「ちーがーうー！」

「本当に？　本当にそれは胡桃さんの本心かい？」

「え？　……そ、それって」

「わからないんだったらもう一度キスしてみよう。そうすればわかるはずだ。俺のことを愛しているということがね。つまりはラブ。大事に育てていこうじゃないか、その愛を！」

「この変態！　しないから！　好きじゃないから！」

うがー、と顔を真っ赤にして首を振り続ける胡桃さん。怒っているのだろうか。怒っているのだろうな。顔赤いし。

「はぁ……やれやれ、仕方がない駄々っ子だ」

「……チッ」

「え……今、割と本気で舌打ちしなかった？　それまで結構いちゃいちゃな痴話喧嘩だったのに、一瞬で嫌われモードに入っちゃった⁉」

「そういう、何でもかんでも口に出すとこむかつく！」

「……好き」

「――なに、いきなり」

「愛してる」

「だ、なっ、なによ⁉」

「大好きだ」

「何でも口にするのがむかつくとは言ったけど！　けれども愛だけ囁くってのもむかつく！」

胡桃さんは「それに」と続けて、俺を見て、かと思えば別の方を見て、また俺を見て、頬を真っ赤に染めながら告げた。

「愛は、ちょっとずつ囁いてくれないと……軽薄になるんだから」

唇を尖らせて、なんだか拗ねたように述べる胡桃さん。

「……あの、結婚してください」

「言ったそばから？」

「だって、今のは反則じゃん！　可愛すぎるだろ！　何でそんなに可愛いんだよぉ！」

俺は胡桃さんに詰め寄る。すると若干頬を上気させて、上目遣いに睨みつけてくる。

「ところで、家には電話したの？」

「おっと、そうもあからさまに話題を変えられると傷ついちゃうんだけど……そう言えば連絡してなかった」

スマホを開いてみると、妹から五件ほど不在着信が来ていた。時刻はどんちゃん騒ぎを始めてからのものだ。端的にＬＩＮＥで返信を送る。

内容は『今日は友人の家に泊めてもらいます』というモノ。

「へぇ……メッセージだとまともなんだ。それとも私だから頭がおかしいの？」

「俺は愛の暴走特急。胡桃さんの前でテンションが上がってしまうのは仕方のないことであって、それをおかしいと言うのなら、まぁ、そうなんだろうね」

「あー、はいはい。相変わらずヤバ宮くんって感じ」

「酷いなぁ」

不平不満を述べていると、彼女は呆れたようにため息をついて、ピッとある一方を指さした。

そちらには確か浴室があったはずだ。

「一緒に入ろう、的な？」

「あんた入ってないでしょ、入ってきて」

「一緒に入ろうよ」

「いーっや！」

こうも拒絶されては仕方がない。

「はぁ……わかったよ。そういうことなら胡桃さんがいつも使っている浴室で、俺も身体を洗うことにするよ」

「…………」

「どうしたの？」

「……いや、まぁ、その通りなんだけど、こう、気持ち悪さが炸裂してるなぁと」

「大丈夫、洗濯機の中の下着とか、胡桃さんが身体を洗う際に使っているであろうタオル、或いはスポンジには手を触れずに見るだけにとどめるからさ」

「何も大丈夫じゃないっ⁉　ちょ、そこ動いたら駄目だから！」

ものすごい剣幕で言い残すと、彼女は浴室の方へと向かってガタゴト大騒ぎ。胡桃さんの下着とか大変興味があっただけに残念だ。彼女の言う通り、何でも口にするのは俺の汚点のようである。

数分後、顔を赤くして、息を荒げた彼女が戻ってきて、どうぞ、と言うので、どうも、と返し俺はシャワーを浴びた。

☆

「ソファーで寝て」

シャワーを終えて出てきた俺に対して、胡桃さんの第一声はそれだった。

ちなみにパジャマは胡桃さんの父親のものがあったのでそれを借りた。

胡桃さんは冷たいお茶を差し出しつつ、リビングのソファーを指さして俺を見る。

「……」

受け取ったお茶を口に含みつつ、抗議の視線を送ってみる。

風呂上がりなので、冷たいのがおいしい。

「何その不満そうな顔」

「こう、何と言うか、そろそろ十月も終わりですし、夜は寒いんですよね。ソファーだともしかしたら風邪を引いてしまう可能性があるんですよ。その点、同じベッドで寝たとしたら、毛布で暖かいし、お互いの体温で暖かい。まさに一石二鳥。ということで、同じベッドで寝たいのですが」

「いや無理だって。絶対変なことしてくるし、それに私の部屋にあるのシングルベッドだもん」

「……っ！　だったらなおさら問題ない！　くっついて寝れば万事解決、オールオッケー！」

「何も解決してないんだけど⁉」

眉間を押さえて大きくため息をついた胡桃さんはうんうんと唸り、しばらく。

そして予想外の返答を俺にもたらした。

「……ぜ、絶対に手を出さない？」

「胡桃さんがそう望むのならそうなる。俺は胡桃さんを愛しているからね」

「…………お茶は飲んだ？」

「？　飲んだけど」

質問の意図がわからず空になったコップを見せる。

すると彼女は大きく息を吐いて——。

「……じゃあ、今回だけだから」

「よ、よっしゃぁぁぁあああっ！」

「喜びすぎ！」

「いやぁ、そりゃあ喜ぶでしょ！　好きな人と同衾！　これに胸躍らない男が居るのだとすれば、それは男じゃない！　そして俺は男！　つまりは喜ぶ！」

「はぁ。……まぁ飲んだなら大丈夫……だよね？」

ぼそりと呟く胡桃さんは、寝る準備を始める。よくわからないが俺も胡桃さんの後ろを付いて行き、予備の歯ブラシを貸してもらって、一通りの準備を終えた。

「さぁ。いざ寝室へ！」

「……はぁ」

ため息をつきながら寝室へ。

胡桃さんの寝室は質素ながらも生活感はあり、なにより女の子らしくてお洒落だった。

まず胡桃さんがベッドに入り、その横に俺もお邪魔する。

胡桃さんの匂いが鼻腔をくすぐり、生々しい暖かさが隣から伝わる。今ここで死んでも悔いはない、そう思えるほどに俺は満足していた。

狭いベッドなので、寝間着越しに手や足、腰が、少し動くだけで触れる。本当ならば互いに向き合って眠りたいものだが、そんなことをすれば我慢できるわけがないので、俺たちは背中を向け合って横になる。


「……」

「……」


カチ、カチと時計の秒針が動く音だけが聴こえる。

そして、ベッドに入ってしばらく経った頃。

――俺は強い眠気に襲われていた。

好きな人が隣に居るから興奮を通り越して安心しているのだろうか。

一秒でも長くこの天国を味わいたいが……しかし、意識はすでに限界に近い。

そして意識が途切れそうになった時、ふと胡桃さんが手を握ってきた。

柔らかくて安心する手だ。嬉しい、ドキドキする……はずなのに、どうしようもなく眠い。


「ねぇ」

「…………んぁ？」

「……」

「……」

話しかけられた気がしたけど気のせいだったのだろうか。と言うか眠い。眠過ぎる。もっと胡桃さんとの同衾を堪能……したい……の……に……。

そうして意識が途切れる直前、胡桃さんが再度、何事かを呟いた気がした。

しかしもう、何も聞こえない。

いったい何と言っていたのだろうか。

申し訳ないと思いつつ、しかし抗うことのできない睡魔に、俺は意識を手放した。

「……ねぇ、……私と……っす、しよ？」

そんな大事な言葉を聴き逃して――。

3

朝、目が覚めると妙な倦怠感が身体中を襲っているのに気が付いた。

全くもって意味がわからないけれども、しかしながら行動に支障があるわけではない。

ただ、この倦怠感には覚えがある。あれだ、寝る前に自慰行為をした時と似ている。

さすがの俺も、胡桃さんの横で自慰行為に励むようなことはしない。

おそらく昨日の疲れが出たのだろう。学校でもその後でもいろいろあったし無理もない。

隣を見るとベッドは空だった。ただ、僅かに残る温もりが、つい先ほどまでそこに誰かが居たということを物語っている。ならばそろそろ起き上がってその人物にご挨拶すべきだろう。

「というわけで、おはよう！」

「……っ！　は、よぅ」

リビングに赴くとダイニングテーブルの上に朝食を並べている胡桃さんと出会った。今日も相変わらず愛らしい上に、本日は僅かに頬を朱に染めている。表情はその愛らしさに磨きをかけていると言っていい。

「いやぁ、ついに一夜を過ごした仲になっちゃったね。これはもう結婚するしかないわけだけど……大丈夫！　俺はいつでもおーけーだし、少しぐらいなら待てる甲斐性というのも持っているからね！」

「……ぐ、ぁ、っそう」

「そうとも。いざとなれば高校を中退して、今すぐに働いてお金を稼ぐこともやぶさかではない」

「へ、へー」

「……ところで、どうして苦虫を噛み潰したような表情を続けているの？　何か嫌なことでもあった？」

「そ、そんなことないけど？」

「いや、俺のラブラブセンサーが反応しているから間違いない！」

「なにそのセンサー!?」

「愛する人の変化に激しく反応するスーパーセンサーだよ」

「き、気持ち悪いっ！」

「なんで!?」

わちゃわちゃ言い合いを終え、俺は顔を洗いに洗面所へと向かう。

戻ってくると、胡桃さんがダイニングテーブルの席に着いていたので、その対面に俺も座る。

「おいしそうだね」

「普通じゃない？」

並ぶのは食パン、サラダ、スクランブルエッグにベーコン、それとコーヒー。

「いやいや、その普通が凄いんだ。胡桃さんはいいお嫁さんになるよ、俺の」

「な、何であんたのお嫁さんなの!?　べ、別の人のお嫁さんになるかもしれないでしょ!?」

「なんで!?」

「いや、むしろあんたがなんでよ！　別に付き合ってるわけじゃ――っ！」

席を立って吠えようとした彼女は、しかしながら俺と視線が合うと顔を真っ赤にして着席。

どうしたんだろうか、いったい。

「胡桃さん？」

「……な、何でもない！　いただきます」

「？　うん、いただきます」

そうして俺たちは朝食に手を付け始めた。

☆

朝食を終えてコーヒー片手に人心地つきながら、俺は胡桃さんに尋ねた。

「そう言えば、学校はどうするの？」

「この格好見てわからないの？」

胡桃さんが身に纏っていたのは制服だ。当然うちの学校のものである。何処からどう見ても登校前といった風貌であるが、正直行ってもいいのか？　と思ってしまう。

「昨日は学校でかなり暴れちゃったし……」

「うん、あんたがね」

「いや、まぁ、そうなんだけど」

「罵倒の言葉を吐いたのもあんただし、暴走しかけたのもあんただし」

「た、確かに……。あの時はごめん。頭に血が昇って、まともに考えられなくなってたんだ」

完全に俺の落ち度であるため素直に謝罪。

「べ、別に謝って欲しいわけじゃない。……あんたが、私のために怒ってくれたのはわかってるし。嬉しかったし。それに、最後は私のところへ来てくれたから、それで十分」

「胡桃さん……」

微笑んでみせる、胡桃さん。

「とにかく大丈夫だから。だから、学校にはちゃんと行く」

俺は彼女のその姿を見て眩しいと思った。

もし俺が同じ目に遭ったなら、きっと立ち直れないだろうから。特に全肯定してくれる人が傍に居たら、それこそ動けなくなる。甘えて、堕落して、動きたくなくなる。

なのに彼女は前を向く。——そういうところが俺は好きだ。

だから感情の赴くまま愛を囁こうとして、昨日の言葉を思い出した。

——『愛は、ちょっとずつ囁いてくれないと……軽薄になるんだから』

若干頬を赤らめつつそう語った胡桃さんの表情は、今思い出してもかわいくて……。

「好きだ」

「え!? い、いきなりなにっ!?」

結局言ってしまった。

「ごめんごめん、本音がポロっと。とりあえず了解。俺も準備するから、ちょっと待っててもらえる？」

「う、うん。わかった」

と言いつつも、俺の鞄は桐島くんが持っているし制服に着替えてスマホをポケットに入れて準備完了だ。

俺は胡桃さんと一緒にマンションを後にした。

☆

学校に到着し下駄箱で上履きに履き替えていると、案の定好奇の視線を向けられた。

だが仕方がないだろう。昨日あのような帰宅をしてしまったのだから。

こんなに注目されて胡桃さんは大丈夫だろうか？　心配になって顔を覗き込んでみる。

「……ど、どうしたの？」

「いや、今日もかわいいなって。愛してるよ」

「……っ⁉　ば、ばか！　いきなり何言ってるの⁉」

「おっと、ついうっかり本音がポロリと。でも困った。俺は胡桃さん以外を好きになったことがないから愛を伝える方法が言葉にするか肉体接触くらいしか思いつかないんだ……する？」

「するわけないけど⁉　って言うか、へ、へー、私以外、好きになったことないんだぁ」

「そうなんだ、胡桃さんと出会うまで好きとかよくわからなかったんだけど、出会ってからは寝ても覚めても胡桃さんって感じ。胡桃さんなしでは生きていけない身体になってしまった」

「……わかってはいたけど、結構重いね」

「何が？」

「愛が」

「酷くない⁉」

「え、あ、ごめん。……まぁ、悪い気はしてないよ。嬉しいし、その打算的って思うかもしれないけど、こういう状況だから……ありがたい」

　こういう状況、とは彼女を取り巻く現状のことだろう。いや、それよりも――

「……胡桃さんさ、昨日から薄々思っていたんだけど、デレ期来てない？　来てるよね？　大丈夫？　結婚する？　いや、するんだけどさ」

「き、きき、来てないから！　って言うか、しないから！　勝手に決めないで！」

　顔を真っ赤にしてそっぽを向く胡桃さん。可愛い。写真に収めたい。一眼レフ買おうかな。

「お？　おーっす、お二人さん！」

　上履きに履き替え、教室へ向かおうとしていると、後ろから声を掛けられる。聞き覚えのある声に二人揃って振り返れば、そこには爽やかイケメンにして友人の桐島くんが手を振っていた。

「おはよう、桐島くん」

「お、おはよう、桐島くん」

胡桃さんが肩を震わせて隠れるように一歩俺に近づく。嬉しいけど、桐島くんは悪い人じゃないから少し申し訳ない。だけど、桐島くん本人は特に気にした様子を見せずに口元に弧を描いた。

「おはよーさん。つーか、二人とも朝からいちゃいちゃお熱いねぇ」

「わかる!?　いやぁ、さすがは親友の桐島くん！」

「ど、どこをどう見たらそうなるの!?　してない！　してないから！　いちゃいちゃなんてしてないんだから！」

「と、古賀はそう言ってるけど。ヤバ宮くん的にはどうなんよ」

「そりゃあいちゃいちゃしてると言って過言ではないね！　一緒に登下校して、いちゃいちゃべたべた」

「た、確かに登下校はその通りだけど……いちゃいちゃもべたべたもしてない！　と言うか、言い方が気持ち悪い！」

「気持ち悪くないが!?」

「いや、俺もお前の言い方は全体的に気持ち悪いと思うぞ」

「桐島くんまで⁉　そんな……。さ、参考までにどこが気持ち悪いか聞いても？」

尋ねると、胡桃さんは迷うことなく答える。

「さっきの発言だと『いちゃいちゃ』はいいけど『べたべた』が気持ち悪い」

「だって本当のことじゃん。べたべたしたじゃん！」

「ちょっ、まっ、大声でそんなこと言わないで！」

顔を真っ赤にしてぽこぽこと叩いてくる胡桃さん。全然痛くないし、むしろその可愛さのあまり体力が回復している気さえする。

「……おいおい、マジかよ。お前らそこまで進んでたのかよ」

「ああ、愛し合っているからな」

「合ってないから！　一方的だから！」

わーきゃー言い争っていると、ホームルーム五分前を知らせる予鈴が鳴った。

それを聞いてすぐに動いたのは桐島くん。

「っと、急がねーとな。あっ、そうだ。忘れないうちに——ほれっ人質解放！　んじゃ、俺は先に行くから！」

「わー、鞄ちゃん！　無事でよかったよう！」

喜んでいると、桐島くんは駆け足で階段を昇って教室へと向かっていった。俺は渡された鞄を肩に担いで、胡桃さんに視線を向ける。

すると彼女はどこか羨ましげな眼で俺たちを見ていた。

「胡桃さん？」

「……仲、いいんだね」

俺はその言葉を否定も肯定もしない。胡桃さんには同性の友達が居ない。仕事は休止中であり、学校では虐められているから。何と声をかければいいのかわからない。

でも、何もしないなんてことはできなくて、俺は胡桃さんの手を取った。

「ここで黙るのは俺らしくないから、思ったことを言うね」

「……なに？」

「俺は胡桃さんが好きだ。だから、俺は胡桃さんの友達にはなれない。桐島くんはいい奴だけど、男だから胡桃さんが望んでいるような世間一般における同性の友達関係にはなれない」

「……そうだね」

顔に影を落とし、少し声を震わせる胡桃さん。

そんな彼女に、俺は告げる。

「だから妹を紹介しよう」

「……うん……うん？　いい話しようとしてたのに、何か変な方向に行ってない？」

「行ってないと思うけど？」

「いや、いやいや！　行ってるから！　予想の斜め上の返答が来て驚いてるんだけど⁉」

「うちの妹、いい奴なんだ！　少しきついことを言うこともあるけど、それは優しさの裏返し。気遣いができて、気配りができて、そして何より俺の家族！　なーに、いずれ胡桃さんの義妹にもなるんだから気負う必要はないよ！」

「な、何でいつも結婚前提で話を進めるの⁉」

「ははは、照れなくてもいいじゃないか！」

「照れてるわけじゃないけど⁉」

「というわけで近いうちにうちにおいで。妹だけでなく両親も紹介するよ！」

「付き合ってもないのに⁉」

「いずれ結婚するんだから早いか遅いかの違いだけだよ。もーまんたいっ！　大丈夫、みんな優しいから！　姑に苦労することもないから！　だから安心して！」

「……っ、はぁ……もう、ほんと……途中までは真剣な話だと思った私が馬鹿だった」

「？　今も胡桃さんの幸せに関わる真剣な話だけど？」

淡々と告げると、彼女はジトッとした目で俺を睨んでくる。

「………ほんっと、ほんっとあんたのそういうところ、ずるい」

「ずるいってどういう――」

俺が言いかけたところで、キーンコーンカーンコーンとホームルームを告げる本鈴が鳴った。

しまった、遅刻だ。うちの学校ではホームルームの際に教室に居なければたとえ登校していたとしても遅刻扱いになる。

話も切り上げてそろそろ行こうかと胡桃さんを見ると、彼女は大きくため息をついた。

「はぁ」

「最近ため息多いね」

「誰のせいだと思ってるのよ。……まぁ、楽しいからいいけど」

ぼそぼそと言葉尻を小さくする胡桃さん。

「ごめん、なんて言った？」

「なんでもないっ」

「楽しんでもらえたなら嬉しいよ」

「聞こえてるじゃん！　ってか、あーもう！　さっさと教室行くよ！」

「うん、このまま手を繋いで教室に入ろうね」

「……ずっと繋いだままだった⁉　あっぶなぁ！」

ビシッと手をはじかれた。悲しい。

でも胡桃さんに笑みが戻った。嬉しい。

俺は両極端な感情を抱きながら、先を進む胡桃さんの背を追って教室へと向かった。

☆

教室に到着すると、先ほどまでよりも人一倍視線を向けられた。

「お前ら遅刻だぞー」

「すいません」

「ご、ごめんなさい」

「まぁいい、さっさと席に着け」

俺たちは、教壇に立っていた担任である物部先生の言葉に従い、それぞれの席へと赴く。

自席へ向かう途中、俺はある生徒の横を通る。

別に通りたくて通るわけではない。俺の席へ向かうにはそのルートが最短なのだ。

横を通り過ぎる瞬間に、ちらりと視線を向けるのは金髪の少女。

俺が大嫌いな女、小倉である。

昨日、俺は怒りに任せて彼女に暴力行為を働こうとした。

その行為自体は未遂に終わったが、仮に執行していたところで俺に後悔は微塵もなかっただろう。

それぐらい俺は、小倉という少女が嫌いだ。

俺が目を向けると、ちょうど同じタイミングで小倉もこちらに視線をよこす。

そして視線が交差した途端、小倉は顔を青くして背ける。

別に睨んだわけではないのに、こぶしを握って冷や汗を流しながら背を震わせている。

これは、やり過ぎたか？

そう思って反省。確かに女子からすれば恐怖以外の何物でもなかっただろう。

しかし、彼女は胡桃さんを追い詰めた元凶の一人である。

故に、これ以上追い打ちはしない——が、慰めもしない。

この状況で小倉をさらに追い込むことは、胡桃さんが許さないから。

彼女はそういう人だ。むしろ、手を差し伸べるまである。

お人好しと言うかなんと言うか、まぁ、そこが好きなのだけども。

俺もすぐに小倉から視線を切り、自席に腰を落ち着けた。

しばらくして物部先生の退屈なホームルームが終わり、各々が次の授業の準備をしたり、友人に話しかけたりするために動き始める。俺も胡桃さんに話しかけに向かうとしよう。

「遠距離恋愛って大変だね」

「教室の数メートルじゃん」

胡桃さんにいつものように話しかけつつ、教室の現状を把握しようと俺はぐるりと概観する。

先ほどはホームルームの途中だったのでわからなかったが、今は休み時間。

先生の前では出てこない、クラスの『空気』というやつが表面化する。

昨日の一件がそれなりにインパクトを生んでいたのは、先ほどの小倉の反応から容易に推察できるため、その変化を俺は確かめておく必要があった。

――そしてふと、違和感を覚えた。

何だろうかと考えて、答えを見つける前に背後から声を掛けられた。それは教室を出て行っていたはずの物部先生だった。出席簿片手に廊下から窓越しに顔を出している。

「おい、お前。昨日のエスケープについて聞きたいから、昼休みに生徒指導室へ来い」

「その、大変申し訳ないのですが、昼休みは胡桃さんと愛を深める予定がございますのでご遠慮することはできないでしょうか？」

「深めないけど⁉　って言うか、元々深める愛もないけど！」

「ほんとに？」

「な、なに？」

「本当に深める愛はないの？」

じりっとにじり寄って顔を近づけてみる。

すると彼女は顔を真っ赤にしてぶんぶんと首を横に振った。

「な、ないからっ！　ないったらないの！」

何だか子供っぽいけどすごくかわいい。

胡桃さんは美少女であるが、どちらかと言えば綺麗系の美少女だ。

そのため、少し幼い動作が妙にドキドキする。つまり何が言いたいのかと言うと――

「胡桃さん、絶対に幸せにするから」

「急に変な覚悟を決めないでっ！」

「あー、いちゃこらしてるとこ悪いが、古賀、お前も一緒だ。お前ら二人が一緒にエスケープしたんだから当然だろ？」

「胡桃さんと一緒ならどこへでも行きますよ。昼休み生徒指導室ですね。了解しました」

「せ、先生までいちゃこらって……外堀が、外堀がぁ……」

頭を押さえて机に突っ伏す胡桃さんを横目に、素直にうなずくと物部先生は眉間に手を当てて大きく嘆息し、踵を返して教室から離れていく。

「はぁ……じゃ、とりあえず伝えたから。忘れず二人とも来いよ」

ひらひらと手を振る物部先生を見送って、俺は胡桃さんとの会話を再開した。

☆

そうしてやってきた昼休み。

生徒指導室へと赴こうと立ち上がり、ふと先ほど抱いた違和感の正体に気が付いた。

視線を向けるとその先には昼食の準備を行う三人の女子生徒。小倉の取り巻きだ。

しかしそこに小倉本人の姿はなく、代わりに少し離れた自分の席に座っておにぎりをパクついていた。

（……そうなるのか）

小倉の周りには誰も居ない。ぽつねんと、彼女が一人座っているだけ。

他の生徒たちは遠巻きにその様子を眺めている。

三人組も、私たちは関係ないとばかりにいつも通りに振舞っている。

大方責任のすべてを押し付けてグループから排除したのだろう。

そうやって逃げる三人組には苛立ちを覚えるが、こちらとしてはもう関わり合いたくない。

俺はそんな『空気』から目を逸らし、教室を後にした。

☆

たどり着いたるは生徒指導室。ここにやってくるのは今月二回目だ。

ドアをノックすると物部先生の声が返ってきたので、中に入る。

準備されていたパイプ椅子に腰かけると、彼は「朝も言ったが」と切り出した。

「昨日の一件に関して、説明してくれ」

一瞬、俺はどこまで話せばいいのかわからなかった。

彼も、当然のことながら胡桃さんが虐められていることを知っているし、止めようとも思っていた。だが知っているだけで何もできないのが現状だ。

立場的には桐島くんが一番近いだろう。

知っているし、止めようとも思っているがその方法が難しい。

虐めが起こっているクラスに対して「虐めはやめましょう」なんて言っても欠片も効果はないし、変に肩を持つとさらに虐めが加速する恐れがある。

だからこそ静観することしかできない。

本当に止めようと思うのなら、なりふりなんて構っていられない。その人以外をすべて敵に回すぐらいの心意気でやるしかない。俺が今、そうしているように。

なにせ相手は『虐めっ子』ではなく『虐める空気』なのだから。

そんな彼に、俺はどこまで話せばいいのだろう。

以前、ある程度の状況をかいつまんで伝えたが、それでもかなり省略した。

あの時はまだ何も起きていなかったからそれでも良かったが、今回はかなりの騒ぎになってしまったため、きちんと伝えないと物部先生も納得しないだろう。

虐めのこと、小倉のこと、水をかけられたこと、――自殺未遂にまで至っていたこと。

胡桃さんの名誉を守るため、何を言って、何を言わないか。

それを考えていると、ちょん、と胡桃さんが手を握ってきた。どうしたのかと思い彼女へと視線を向けて——決意のこもった瞳を見た。

故に俺は口を閉ざし、ゆっくりと手を握り返す。

「……ありがと」

ぽつりと、聞こえるか聞こえないかの声量で告げて、胡桃さんは事の仔細を物部先生に語り始めた。

彼女は自殺のことは口にせず、しかしそれ以外の出来事についてつらつらと語っていく。

虐めの内容を口にする際は、俺の手をぎゅっと強く握ってきた。だから俺も握り返す。

俺は絶対に味方だからという意味を込めて。

やがてそれは形を変えて、気が付くと恋人繋ぎの形になっていた。

「——というわけで、ずぶ濡れになっていたところを、彼が家まで送ってくれました」

時間にして、十分も話してないだろうが、胡桃さんは憔悴していた。

俺は労いの言葉を掛ける。

「頑張ったね」

「……ん、助けてもらってばっかりは嫌だから」

胡桃さんらしい。

物部先生は何も言わずすべてを聞き終え、それからゆっくりと息を吐く。

「とりあえず、事情は大方理解できた。全部が全部褒められたことではないが、それよりも――古賀、助けてやれなくてすまなかった」

膝に手を置いて、深々と頭を下げる先生。

「い、いえ、そんな……っ」

胡桃さんに頭を下げ終わった先生は、次に俺の方へと姿勢を正す。

「お前も、古賀を助けてくれてありがとう」

「……はい」

複雑な心境だった。

俺だって胡桃さんが教室で居場所がなくなっていくのを見ているだけだった人間だ。今でこそ他のすべてより胡桃さんを愛して助けると決めているが、少し前まで先生と何ら変わらなかったのだ。

だから本当に感謝されるに足る人間なのか、今一つ自信が持てない。

「……何を考えているのかは知らんが、少なくともお前は上手くやってるよ。じゃなきゃそうはならないだろ？」

先生は片眉を上げて、俺と胡桃さんの間を指さす。

目を向けると、そこには固く繋がれた手。

俺はそれを見てから、胡桃さんに目を向ける。すると彼女と視線が合った。

「……っ、ぁう」

胡桃さんは顔を真っ赤にして背けて、ゆっくりと手を離そうとする。だけど俺はそれを無視してぎゅっと握り直すと、先生に向かって告げた。

「それもそうですね。……そうとわかれば大丈夫です！　こんな危機、俺たちの愛で乗り切ってみせますよ！　そしてゆくゆくは結婚！　結婚式には呼びますので、絶対に来てくださいね！」

「た、たちって何!?　わ、私は愛してないからっ！　って言うか結婚もしないからっ！」

「相変わらず照れ屋なんだから〜」

「て、照れてないけど!?」

「おいこら、お前ら。独身の中年男性の前で痴話喧嘩を始めるな」

「先生まで!?」

驚いた声を上げる胡桃さんをスルーして、先生は言葉を続ける。

「とにかく、今回のことはお咎めなしってことで。二人とも教室に戻ってよし」

「はーい」

間延びした返事をしつつ、隣でぼそぼそと誰にも聞こえないような声で独り言を呟く胡桃さんを連れて、俺は生徒指導室を後にした。

「ち、痴話喧嘩……？　……う、嬉しくない。嬉しくないんだからっ」

幕間　ある夜の出来事。

飛び降りる直前の同級生に『×××しよう！』と提案してみた。

——朝。

私、古賀胡桃は微かな疲労感と妙な肌寒さで目が覚めた。

身体に残る気怠さは一体なんだろうと思考を巡らせ、寝惚け眼を擦る。それから隣で寝息を立てる少年を見つめて——昨夜のことを思い出す。

☆

右隣から聞こえる微かな寝息。

私のことを好きだ好きだと言ってやまない彼は、しかし同じベッドに入っても何もすることはなく、ただゆっくりと眠りに就こうとしていた。

——当然だ。

だって私は彼に、睡眠薬を投与したのだから。

彼がシャワーを浴びに行っている間に用意したお茶には、あらかじめ睡眠薬を盛っていた。いざ寝る時になりベッドが一つしかないとわかれば、彼が一緒に寝ようと言ってくるのは想像に難くないからだ。だから私は自分の身を守るために睡眠薬を盛った。

もちろんこれがいけないことだということはわかっている。

でも、そうでもしなければ——もしもベッドで迫られたら、私は抵抗できる自信がなかった。

結果、彼は睡眠薬の効果により現在進行形で規則正しい寝息を立てている。全ては計画通り。あとは私が寝るだけ。そう、寝るだけなのに……。

——無性に、むらむらする。

何が悪かったかと言えば、自殺を考えていて、最近一人でシていなかったのが悪かったのだろう。それと二度のキス。

そ、そうだ！　すべてはキスが悪い！　確かに一度目は私からだけど、あんな不意打ちでキスされて耐えられるわけがない！　キスをしたのなんか初めてだし、しかも相手があいつなんだから……い、意識するに決まってる。

だから、私はむらっとしてしまった。

最悪のタイミングで性欲が今までにないくらいに高まってしまったのだ。

そんな状況で、隣には元凶である彼が寝ている。

好き——ではない。好きではないはずだ。いや、少々頭がおかしい部分を除けば、もしかしたら好きかもしれないけれど、総合的にはまだ『ありよりのあり』といったところ。でも、初めての相手は彼がいいな、と思ってしまう。

――いや、彼の初めては私がいいなと、私じゃなきゃ嫌だと、私以外には渡さないと、そんなどろりとした感情が鎌首を擡げる。

「……ねぇ、私とセックスしよ？」

そして私は、自分から求めた。

しかし口にした瞬間、ひどく後悔した。なぜならそれは関係を決定的に変える言葉だから。

不安と焦燥が胸中を支配する中、私は返答を待つ。だけど、聞こえてくるのは規則正しい寝息のみ。

寝返りを打って確認すると、ぐーすかぴーすか眠る姿が暗闇の中に見えた。

「ねぇ、ほんとに寝てるの？」

わかりきっていることなのに尋ねてしまう。

「……くぅ……くぅ」

「……」

むにっ、と頬を突いてみる。――起きない。

彼の左腕に手を這わせてみる。――起きない。

「ねぇ」

どうやら完全に熟睡しているらしい。

左腕を抱きしめてみる。——起きない。

「……」

無意識に生唾を飲み込んだ。

私はもぞもぞと動いて、眠る彼の上に移動する。起こさないように注意しながら、身体を密着させると、互いの体温が混じり合ってとても暖かかった。

顔の距離は近く、吐息が触れ合う距離よりもっと近くで——鼻先が触れ合うほどよりもさらに至近距離——肌の温度が感じられるほどだ。

「起きないの？」

「……」

「……ばか。……んっ」

どろりとした感情に従うまま、私は彼の唇に自分のものを押し付ける。

どろどろどろどろ、溶けていく私の理性。

端的に言おう、襲った。

☆

……………端的に言おう、じゃないが!?

私はベッドの上で頭を抱える。時刻は午前六時を五分ほど過ぎた頃。

ど、どどど、どうしよう！　と言うか、寒い！　え!?　私、下着姿なんだけど!?　あのままヤり疲れて寝たの!?

「ぱ、ぱじゃまぱじゃま……」

私は彼を起こさないようにこっそりとベッドを抜け出して、部屋に散乱していたパジャマを身に纏う。

……ん？　ちょっと待って。私が下着姿ということは、もしかして彼は――。

私の視線はベッドで眠る彼の下半身へ。

い、いやいや、さすがにどれだけ疲れていてもそれぐらいは片付けているはず。

私は意を決して掛布団を少し捲り、中を確認。

……よし！　よし！　よくやった昨日の私！　ってそもそも昨日の私が居なければこんな心配もしなくて済むんだけれども、それでもよくやった！

おそらく昨夜の私は、彼の下の処理をしてからパジャマを着ようとして、その前に力尽きて眠ってしまったのだろう。

彼より先に目が覚めて、本当に良かった。

私はパジャマを着ると、そのままリビングの方へと赴く。あれ以上、同じ部屋に居ることな

どできるはずがない。羞恥心で死んでしまいそうだ。

「これは、あれよ……所謂深夜テンションってやつよ」

酔っぱらってキスしたその日に、深夜テンションで夜這い。

……もしかして、私は性欲が強いのだろうか？

中学生の頃に仲良くしていた友達とはその手の話をしたことがなかったので、私の性欲が正常かどうかの判断がいまいちわからないのだ。毎日一人でするのは変態なのだろうか。

「って、今はそんなことどうでもよくて……」

問題は、このことを彼に伝えるか否か。伝えるべきなのはわかっている。どれだけ言い繕おうとも私がしたことは犯罪なのだから。……でも迷ってしまう。

なので、仮に伝えた時のことを想像してみた。

『ご、ごめんなさい！　睡眠薬で眠らせたうえに夜這いしてしまいました！』

『なにぃぃいい!?　俺は覚えてない！　だからもう一度しよう！　今すぐしよう！　ちなみに子供の名前は何がいい？　お好みの教育方針はある？　俺は小さい頃から英語を習わせたいと思うんだ、もちろん子供の意思を尊重しつつね！』

そんな会話の後、当然のようにセックスしてお互いにハマって子供を作ってしまうところまで容易に想像できた。

「ま、まぁ、そんな未来もあり――って、ないからっ！」

一瞬、それもまあいいかな、と思ってしまった自分を殴りたい。と言うか殴った。頬っぺた痛い。

「だ、だめだ。いろいろと」

百歩、いや一億歩譲って結婚はいい。頭がおかしい部分とかキモい部分とか、ウザい部分とかいろいろあるけれど、でも彼は他の誰よりも『いい人』だから。

しかし、高校生で結婚は難しい。学校とか親とかお金とか。

それに……。

『やっぱり胡桃さんも俺と結婚したかったんだね！　さぁ、温かい家庭を築こうじゃないか！』

腹の立つ顔でそう言われるのはわかりきっている。それは非常に不服だ。

いや、すべては深夜テンションで襲った私が悪いので自業自得なんだけども！

それにしても……そっかぁ……私、シたんだ。

すると頭がぽーっと茹だって、胸がきゅっと何かに締め付けられるように痛くなった。

「〜〜〜っ！」

居ても立ってもいられなくて、心臓を押さえてリビングをぐるぐる、ぐるぐる。

そのままソファーに飛び込み足をばたばた。

「なに、これぇ……っ」

苦しいのに、嫌な気分がしない。クッションに顔を埋めながら呟く。こんな姿、あいつには見せられない。

「よ、よし！　このことは黙ってよう。この秘密は墓場まで持っていく……っ！」

ぐっとこぶしを握り、決意を固めてから私は朝食の準備に取り掛かる。

絶対にぼろは出さない。彼の前でもいつも通りに振舞う！

顔には出さないし、言葉も噛まないんだからっ！

——そんな思いは、数分後に起きてきた彼の挨拶によって早くも瓦解してしまうのだが、この時の私はまだ知らなかった。

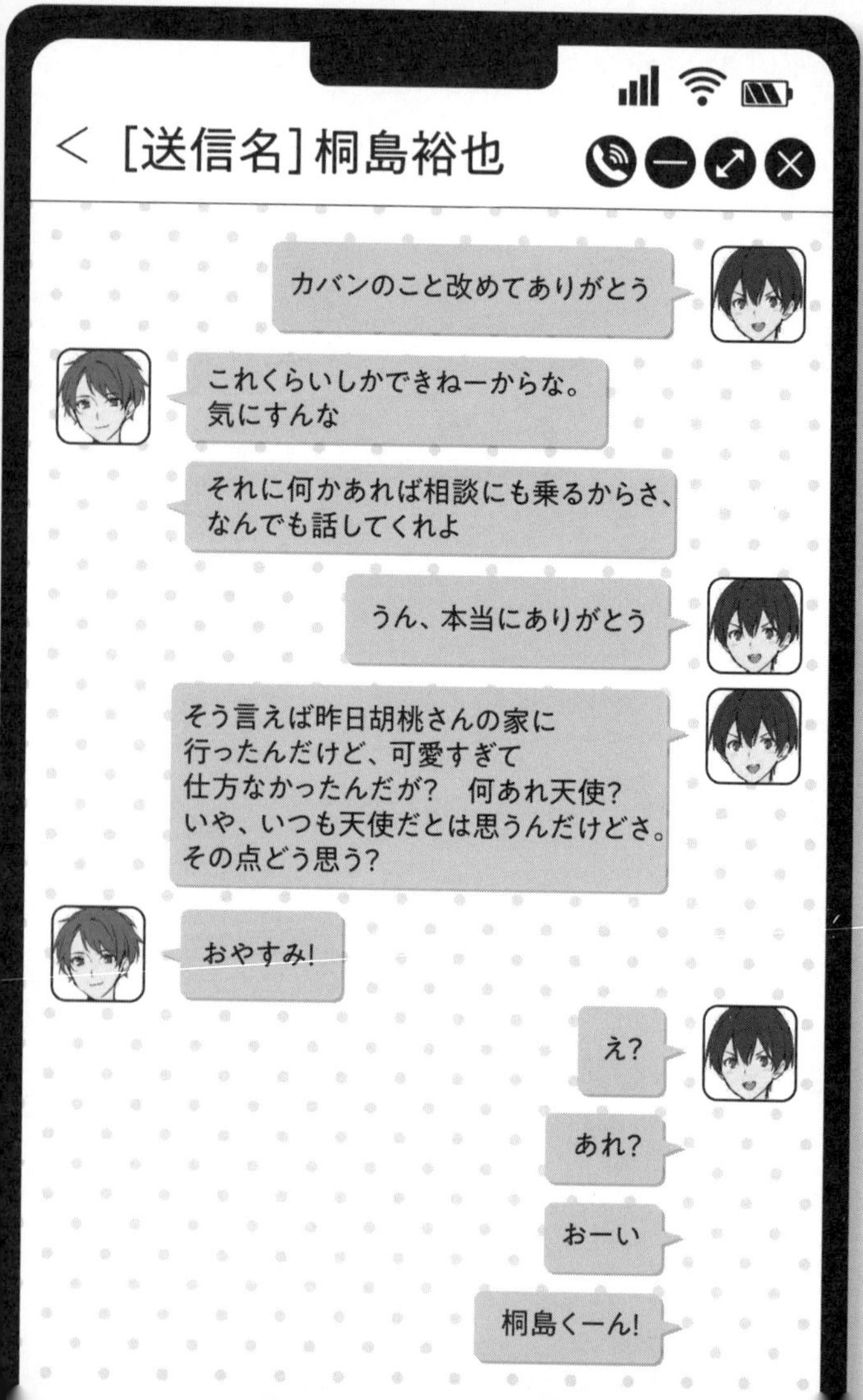
< [送信名]桐島裕也
カバンのこと改めてありがとう
これくらいしかできねーからな。
気にすんな
それに何かあれば相談にも乗るからさ、
なんでも話してくれよ
うん、本当にありがとう
そう言えば昨日胡桃さんの家に
行ったんだけど、可愛すぎて
仕方なかったんだが？　何あれ天使？
いや、いつも天使だとは思うんだけどさ。
その点どう思う？
おやすみ！
え？
あれ？
おーい
桐島くーん！

第三章

美少女に提案してみた！

飛び降りる直前の同級生に『×××しよう！』と提案してみた。

1

胡桃さんとの同衾事件（何もなかった）から数日が経過し、土曜日。

俺は朝から家の中をあっちへふらふら、こっちへふらふらと遠足前の小学生が如く忙しなく動き回っていた。妹に何度「邪魔」と言われたことか、酷い。

しかし文字通り浮足立ってしまうのは仕方のないことなのだ。何せ本日は我が家に胡桃さんを招待するのだから。と言っても、胡桃さんにそれを提案した際に彼女はある条件をつけてきた。

それは昨日の放課後の出来事。

☆

学校から駅へと向かう途中。夕焼けが照らす帰り道で俺は胡桃さんに提案した。

「明日、家に遊びに来ない？」

「な、なんで？」

「ほら。この前、妹を友達として紹介するって話したでしょ？　明日の土曜日なら妹も居るだろうし、紹介できるなぁ～って」

「本気だったんだ……」

「もちろん、俺は胡桃さんに対してすべて本気だよ。言葉も愛もね」

「……っ！　ぁ、ぐ……っ！」

顔を赤く染めて俯く胡桃さん。これは照れているのか、それとも夕焼けなのか。どうして彼女が頬を染める時は夕方が多いのだろう。判別がつかないじゃないか。かわいいからいいけども。

「もちろん胡桃さんの予定が合えばでいいんだけど。妹に紹介するついでに、この間泊めてもらったお礼もしたいしさ。どうかな？」

「べ、別に用事もないしいいけど」

「ほんとに⁉　やったぁ！」

「よ、喜びすぎ！　……と、ところで、ご両親は明日家に居たりするの？」

「えっ⁉　も、もしかして挨拶してくれるの⁉　でもごめん。うちの親は基本的に土曜日も仕事で……」

「ちがっ、挨拶とかじゃないからっ！　ただちょっと……あんまり顔合わせたくないなぁ、って」

　何故か気まずそうに視線を泳がせる胡桃さん。何だろうか、まったくわからない。

「未来のお義父さんとお義母さんだよ？」

「ち、違うからっ！　とにかくご両親は居ないの？」

「まぁ、そういうことだね」

　そんなに顔を合わせたくないのだろうか。まぁ、俺も胡桃さんのご両親に積極的に会いたいかと聞かれれば首を横に振るが。それと似たようなものなのだろうか。異性の親って別に悪いことしてないのに会いたくないと感じるのは何故なのだろう。

「じゃあ……うん。行く」

「なんで両親が嫌なのかはよくわからないけど、とりあえず妹もお義姉ちゃんができるって知ったらすごく喜ぶよ！」

「なっ、だ、だから、結婚なんかしないんだからっ！　あくまで友達！　友達として遊びに行くだけで――って、友達、だよね？」

「俺の頭の中ではお嫁さんだよ？」

「現実では？」

「友達以上、恋人以下」

「よかったぁ。まだまともに現実を見れる知性が残ってて、ほんっとうによかったぁ」

「へぇ、胡桃さんも友達以上って思ってくれてるんだ」

何だか小馬鹿にされた気がしたので少し仕返し。

すると胡桃さんは素っ頓狂な声を上げた。

「――へ？　あっ、いやっ、ち、ちがっ……うぅ！　に、にやにやするなぁ！」

「あはは～、あとどれぐらいで恋人に昇格できそうかな？」

「～～～！　し、しない！　昇格しないから！　むしろ下がるまであるから！　て言うか下がった！　今下がった！　ギリギリ友達まで下がったから！」

「それでも友達ラインは維持してくれるんだね。もー、ツンデレなんだから！」

「……っ、う、うるさい！　キモい！」

「あはは、ごめんって！」

「ばかっ、ばーか！」

ふいっ、と顔を背けて胡桃さんはスタスタと歩を進める。

「だからごめんってば！」

俺も慌ててその後を追った。

☆

そんなことがあり、俺は何とか約束を取り付け、本日がその当日というわけだ。

そわそわしてしまうのは無理もない。何度も何度も部屋の中を掃除する。

特にゴミ箱だ。ティッシュは一枚も入っていないようにしなければならないし、エロ本も隠さなければならない。

念のためにパソコンの履歴も消去して……よし、これでいいだろう！

「兄貴うるさいっ！　って、ぇぇ……、部屋このままなの？　友達が来るって言ってなかったっけ？」

ぐるりと部屋を見渡してジト目を向けて来るマイリトルシスター。

「？　ちゃんと掃除しただろ？」

「んー？　あぁ、そういう友達ね」

そういう？　一体どういうことだろうか。

疑問に思っていると、スマホが震える。見てみるとＬＩＮＥにメッセージが届いていた。

未来の花嫁：もうすぐ駅に着きそう。
俺：　それじゃあ迎えに行くね

胡桃さんには最寄り駅まで来ていただき、そこから俺が迎えに行く手はずとなっている。

家を出て、まっすぐ駅へ。十分もかからずに到着した。

しばらく待つと、改札から出てきた胡桃さんを見つける。

彼女はブラウンの厚手のニットに黒のスキニーというシンプルな格好であった。しかしながらそのシンプルさが逆に彼女の素材の良さを引き立たせている。胡桃さんはスタイルがいい。すらっとしていて足が長く、そこまで大きいわけではないが、胸もある。それでいて美人で性格までいい。完璧超人かな？

「やぁ、胡桃さん！　その服すごく似合ってるね！　さすがプロ！」

「そ、そう？　えへへ、服褒められるの久しぶりだから、結構嬉しいかも」

袖口で口元を隠しながら胡桃さんは微笑む。指先だけが見える萌え袖というやつだ。心臓の鼓動が高まるのを感じる。どくんどくんなんて生やさしいものじゃない。ばくんばくんと爆発してしまうのではと錯覚しそうなほどだ。

「うっ……！」

「ど、どうしたの？」

「うぅ、胡桃さんが可愛すぎて心不全を――」

「あぁそう、心配して損した」

「冷たくない？　もしかしてマリッジブルーってやつかな？　結婚前の苦難の一つらしいね。でも大丈夫。胡桃さんのことは俺が絶対に幸せにするから」

「もう……ばか。って言うか寒いから早く家に案内してよ」

「それもそうだね。寒いんだったら着る？」

俺は歩いて駅まで来たのでそこまで寒くない。

一応羽織ってきていた上着を脱ごうとすると、胡桃さんが待ったをかけた。

「んーん、そこまでじゃないし大丈夫。ありがと」

「そう？　それじゃあ行こうかっ！」

「はいはい」

苦笑を浮かべる胡桃さんと、俺は家への道をたどる。

ぽつぽつと会話しながら歩いていると、会話が途切れたタイミングで胡桃さんから話題を振ってきた。いつもはこちらから話しかけるので、驚き半分、嬉しさ半分で耳を傾ける。

「そ、そう言えば、もうすぐ席替えだね」

席替え。俺たちの担任教師である物部先生は月に一度席替えを行う。少し多い気もするが、何でもいろんな人と交流するのは勉強以上に役に立つ、のだそうな。

現在は十月も末であり、この休日が終われば十一月。

「席替えか。隣になれるといいね」

「……ん、そうだね」

逡巡の後にそう告げた胡桃さん。

「もしかして不安？」

胡桃さんを取り巻くクラス内事情を鑑みた場合、席替えに不安を抱くのは仕方がない。俺や桐島くん、あるいは無関心なクラスメイトが隣になる分には何も問題ないだろう。しかし、そうじゃない人の割合の方が多いのだから。

しかし胡桃さんは頭を振る。

「別に、そんなことはないよ」

「そうなの？」

聞き返すと、胡桃さんはちらりと俺を見つめて告げた。

「だって、あんたが居るから……離れても一緒に居てくれるんでしょ？」

口元に笑みを湛え、小首をかしげる彼女に俺は二の句が継げなかった。

『もちろんだ！』と元気に告げる余裕もなく、ただただ純粋に求められたという現実に――。

「……っ！」

「あっ、照れた」

ニマっと笑った胡桃さんは肘で突っついてくる。

ええい、恥ずかしい、くすぐったい、可愛い、くすぐったい、可愛い、可愛い！

「す、好きな人からそんなことを言われたら照れるに決まってるじゃん！　超嬉しいんだけど!?　絶対結婚するから！　絶対！　絶っ対に他の誰にも渡さない！　胡桃さんは俺が幸せにするからっ！」

「――んなっ！　か、勝手なこと言わないで！」

耳まで真っ赤にして抗議する胡桃さん。その額には若干汗が浮いている。

「胡桃さんも照れてるじゃん」

「〜〜〜っ！　う、うるさい！　ばか！　え、えっと、ばか！　ばかばかっ！」

そっぽを向いた彼女は、家に着くまで口をきいてくれなかった。可愛いから気にしないけどね。

☆

家に到着すると鍵を取り出して扉を開ける。

胡桃さんは未だにつーんとしているがちゃんと付いてきてくれていた。

そして玄関に入ると小さく「おじゃまします」と口にする。律儀だ。

なんて思っていると、上階から元気な足音が聞こえてくる。妹のものだ。

今日連れてくる友達と仲良くしてくれないか、という旨は事前に説明してあるので、挨拶しに下りてきたと思われる。

数秒もしないうちに、妹が姿を現した。

「初めまして、兄貴の妹の霞って言います」

俺に見せる乱雑な態度ではなく、外行きの猫っかぶり。

声が一トーンも二トーンも上がっているように思えるのは気のせいではないだろう。

「は、初めまして、お兄さんのクラスメイトの、古賀胡桃と言います」

一方胡桃さんの方はガチガチに緊張していた。当然と言えば当然である。

霞は現在中学三年生で、俺たちとそこまで年が離れているわけではない。

そして、胡桃さんを虐めてきたのは俺たちと同じ年代の女子である。

つまるところ、胡桃さんはこの年代の女子を苦手としているのだ。

一歩だけ俺に近づきつつも挨拶を終えた胡桃さん。

「こが……くるみ……」

「あ、あの……なにか？」

一方で霞の方は何やら神妙な顔つきになっていた。

霞は顎に手をやって、目をこらして胡桃さんを見る。

穴が開くほどジッと、ジトーっと見つめてから驚愕に目を見開いた。

「あっ！　あー！　えぇ!?　古賀胡桃さんって、兄貴が好きな人……だよね？」

「そうだが？」

端的に答えると、霞の顔が引きつった。

一体どうしたというのか。

「わぁあああああっ！　お、おかーさーん！　って、居ないんだった！　あぁあああああっ、兄貴が兄貴がついに犯罪をっ！　この馬鹿ァ！　なんで誘拐なんてしたのォ！」

「ひ、人聞きの悪いことを言うな！　俺は誘拐なんてしてない！」

「じゃあ、どうやったら兄貴がこんな美人を家に連れて――はっ、ま、まさか催眠とか、秘密を握って……とか!?　犯罪だけはしないでってあれだけ言ったのにぃいいいっ！」

「俺は犯罪なんて――」

「うるさい、このけだもの！　安心してください、古賀さんは私が守りますから！」

霞は俺と胡桃さんの間に入ってアリクイみたいに立ち塞がる。

「だから違うってばぁぁぁぁあああああああ!!」

「……ふふっ」

フシャーと牙をむく霞と、嘆く俺。そして何故か楽しそうにころころと笑う胡桃さんというカオスな状況が我が家の玄関にて生まれていた。

せめて靴くらい脱がせて欲しい。切実にそう思いつつ、俺は頭を抱えた。

☆

玄関からリビングに移動した俺たちはひとまずダイニングテーブルに着いた。

座りの並びは俺の対面に胡桃さん、胡桃さんの横に霞が座っている。

何故、胡桃さんが俺の隣じゃないんだ？

不満を抱きつつも、俺は本日胡桃さんが我が家に来訪した理由を軽く説明した。

「――というわけで、モデル業が忙しくて友達が少ない彼女の友達になって欲しいんだ――って、聞いてる？」

まさか学校で虐められ、自殺しようとするほど追い詰められていたとは言えず、なんとかそれっぽい理由をのべつ幕なしに並べ立てて霞の説得を試みる。

けれど、俺は目の前の光景に呆れた声を上げざるを得なかった。

「胡桃さん胡桃さん、趣味は何ですか？」

「えっと、その……趣味って言えるほどのものはないんだけど、綺麗な景色とか風景を見るのは好きかな。霞ちゃん」

胡桃さんの腕に引っ付いて質問を繰り返す霞と、僅かに身体を硬直させつつも口元には笑みを浮かべて答える胡桃さん。

姉妹かなって思っちゃうほど仲がよさそう。

出会ってまだ十分程度のはずなのだが、互いに下の名前で呼び合っているし距離も近い。

霞はまだわかる。俺は胡桃さんの魅力について、これまで何度も霞に熱弁してきた。そのおかげで、霞の中で胡桃さんへの好感度が上がっていてもおかしくない。

しかし胡桃さんは違う。霞とは完全に初対面のはずだ。

だと言うのに俺には見せたことのない笑みを浮かべて、『霞ちゃん』と名前で呼んでいる。

すごく羨ましい。俺なんか『あんた』とか『ヤバ宮くん』とか、『お兄さん』なのに。

今まで一度も名前どころか名字ですら呼ばれたことないのに。

……すごくもやもやするんだが？

「景色！　いいですね！　写真とかそういうのですか？」

「んー、写真っていうよりは、実際に自分の目で見るのが好きかな。別に有名どころじゃなくても、ただ、綺麗だなぁって感じられたらそれだけでいい感じ……って、なんだか枯れてるかな？」

「そんなことないですよ！　素敵だと思います！　ちなみに景色はやっぱり夜景とかが好きなんですか？」

「うん。あっ、でも最近は夕焼けが好きかな」

「夕焼けですか～！　綺麗ですよね」

「霞ちゃんは趣味とかあるの？」

「そうですね……うーん、やっぱりバスケですかね！　もう引退しましたけど部活にも入っていたので！　胡桃さんは部活とか入ってないんですか？」

「中学の時はバレーやってたけど、高校に入ってからは全然。一年の時は仕事が忙しかったし、暇になったからって今から入るっていうのも、なんか気まずいでしょ？」

「あー、確かにすでに形成されてるコミュニティに入るのって勇気がいりますもんねぇ」

「うん、私の場合それがクラス単位で起こってて……仲良くしてくれる人居ないかなって思ってたらお兄さんが霞ちゃんを紹介してくれる、って」

「なるほど……合点がいきました！　むしろ嬉しいです！　よろしくお願いしますね！　胡桃さん！」

　手を差し出して握手する二人は、互いに視線が合うと照れくさそうに笑った。

　ところで胡桃さんが孤立した経緯と二人を引き合わせた理由については先ほど俺が話していたと思うんだけど、やっぱり聞いてなかったんですか。そうですか。

「妹に寝取られた気分だ」

「ね、寝取られてないからっ！」

「えっ、二人ってそういう――」

「っ！　ち、違うから！　違うからね、霞ちゃん！」

☆

「すご……アニメのポスターがいっぱい」

俺の部屋を見た胡桃さんの第一声はそれだった。そこに嫌悪感はなく、今まで触れたことのない未知を見て驚いている様子である。

「ねぇ……ほんとにここですんの？」

対して俺の横で嫌悪感丸出しのマイリトルシスターは流し目で睨んできた。対応の差に胡桃さんの女神レベルがカンストしている。

「ゲームはこの部屋にしかないし、リビングに持っていくの面倒くさいだろ？」

三人揃ってやってきたのは今朝方せっせこ片付けを行った自室である。

部屋の隅にベッドが置かれ、真ん中にテーブル、ベッドの対面に小型テレビが置かれている。フィギュアがあちこちに点在している以外は、ごく普通の部屋だ。

本日、胡桃さんを招待するにあたり俺はどうやっておもてなししようかと考えた。

そしてたどり着いた結論は、ありきたりではあるがゲームをして遊ぼうというものである。

なにもなしでただ雑談するというのは、俺と胡桃さんだけなら問題ないだろう。

だが今回は霞がいる。二人の親睦を深める意味も込めて、今回はゲームを――その中でも特に有名な某レースゲームを遊ぶことに決定したのだ。

「ほんとにそれだけ？」

「……」

「下心とか――」

「ない」

「……」

「……」

食い気味に否定したせいで霞からジト目が飛んで来た。慌てて話題を変える。

「そ、それにしても、一瞬で胡桃さんと仲良くなってるな。気が合ったのか？」

尋ねると霞は「んー」と言葉を濁しながら、現在進行形で俺の部屋のフィギュアに興味津々の様子の胡桃さんを見つめながら答えた。

「まぁ、そうかもねー」

嘘だな、と直感したのは俺がこいつの兄だからだろう。だが同時に俺は知っている。霞が胡桃さん並みにいい奴であるということを。

だから嘘だろうと何だろうと、兄は妹を信じるだけである。

「さて、それじゃあゲームを始めようか！　胡桃さんとゲームできる日が来るなんて夢みたいだ」

「私も、友だちとゲームするなんて初めてだし、普通に楽しみかも」

「まあ、未来の夫だけどね」

「違うから！　……違うからね、霞ちゃん」

俺はベッドに背中を預けるようにして座ると、胡桃さんも俺に倣って隣に座った。距離が近い。可愛い。

霞も、部屋の扉を閉じてから俺たちの元へと来ようとして、しかしその手を止める。

「どうして閉めないんだ？」

「兄貴と密室っていうのが嫌」

「いきなり辛辣すぎない？　さすがの俺も傷つくんだけど」

「じょーだんじょーだん。って言うかそんなことより……胡桃さんは私の隣にお願いしますね～」

一瞬で猫なで声になった霞はにこにこ笑顔で俺と胡桃さんの間に挟まってくる。邪魔するぜと言わんばかりに割り込んでくる霞。これには胡桃さんも困惑の様子である。

「え、え？」

「なんで霞が真ん中なんだ」

「だって隣同士だと、兄貴は胡桃さんのこと襲うでしょ？」

「襲わないが⁉」

いきなりなんてことを言うんだ！

「ほんとに～？」

「俺は無理やり襲うなんてことはしない！」

「えぇー、そうかなぁ～？　胡桃さん気を付けてくださいね。兄貴は変態ですから」

霞が口元に笑みを浮かべて胡桃さんに言葉を投げる。こ、こいつ、なんて非道な真似を！

すぐさま弁明すべく胡桃さんへと視線を向けると――。

「～～～っ！」

何故かキョドりながら顔を背けていた。

「ま、まさか兄貴！　すでに襲ってるんじゃ！」

「襲ってない！　断じて襲ってない！」

「本当ですか、胡桃さん？」

霞が尋ねると、胡桃さんはすぅーっと大きく息を吸い込んでから、ゆっくりと答えた。

「う、うん。襲われてはないよ」

それを聞き、霞は安堵の息をつく。おい、本気で俺が襲ったと思っていたのかこの愚妹は。

もう少し家族のことを信頼して欲しいものだ。

「なら安心しました。兄貴が変なことをしたらいつでも相談してくださいね。……っと、そうだ！　これ私の連絡先です！　いつでも連絡してください！」

「あ、ありがと。霞ちゃん」

　スマホを取り出して連絡先を交換する二人を横目に、ゲームの準備を始めようとしてふと気付いた。俺たちの眼前、テーブルを挟んで対面に存在するテレビに反射して写る三人の姿。

　霞を中心として俺と胡桃さんが並んでいる。

　その姿はまるで――。

「なんかこの並び、夫婦と子供みたいだね」

「ば、馬鹿なこと言わないでっ！」

　即否定された。

「そうだね新婚夫婦とその妹だね」

「そ、そういう意味でもないっ！　って言うか、霞ちゃんの前なんだけど!?」

「霞、未来のお義姉ちゃんだよ」

「ち、違うからね!?　ただの友達だから！　か、勘違いしちゃだめだよ霞ちゃんっ！」

　二人揃って真ん中で挟まれていた霞に視線を向ける。すると彼女は視線をさ迷わせて一言。

「あー、えっと……ち、ちょっとジュース取ってくる」

　そう残して、部屋を出ていった。逃げたな。

霞が戻ってくるまで、胡桃さんと言葉を交わしつつゲームの準備をしていると、数分と経たずに三人分のジュースをお盆に載せて部屋に帰ってきた。

それぐらいなら俺がしたのに、と思いつつ感謝。愚妹なんて言ってごめんねって感じ。

「ありがと、霞」

「ありがとね、霞ちゃん」

「いえいえ気にしないでください」

そう言って霞は胡桃さんの左隣に座った。

胡桃さんの右隣は俺が占領済みなので、今度は我ら兄妹で胡桃さんをサンドイッチした形だ。

おかげで胡桃さんとの距離が近づいて二の腕辺りに体温を感じる。嬉し恥ずかしなシチュである。

最近は手を繋いだり、肘で突っついたりとボディタッチが増えてきていたが、改めて意識するとドキドキ。むしろ触れるか触れないかという距離感に、そんな思いも倍プッシュである。

なんとか緊張を悟られないようにしながらゲームの準備を終えて、ルールを説明する。

「さて、今回プレイするゲームは十二人対戦のレースゲームで、いくつかのコースを走って、最終的に順位の高い人が勝ちってゲームだ」

「私やったことないんだけど、大丈夫？」

「結構わかりやすいゲームだから大丈夫だと思うよ。それに、コース内にはアイテムが入ったボックスがあるんだけど、それを取ると操作するキャラの速度を一時的に上昇させたり、対戦相手を妨害したりできるアイテムが手に入るんだ」

「つまり、アイテムの運次第で簡単に順位が入れ替わるゲームなんですよ」

俺の説明を霞が引き継ぎ、まとめる。

胡桃さんは、なるほど、と頷いて基本的な操作方法の確認を始める。

ところで、このレースゲームには二つのプレイ方法が存在する。

一つ目はコントローラーのスティックを動かしてキャラクターを操作する方法。こちらの方が操作しやすく、安定した順位をとることができる。

二つ目はジャイロ操作という、コントローラー自体を傾けてまるでハンドルを動かしているかのように操作する方法。こちらは操作感に慣れるまでかなりおかしな挙動をしてしまうものの、ただただ楽しく遊びたい時にうってつけの操作方法である。

用意した三つのコントローラーをそれぞれ持ち、今回は全員がジャイロ操作を選択。

「う、運次第か……できるかな？」

「まぁ、とりあえずやってみましょう！　ゲームはほかにもあるんで、合わなきゃ変えればいいだけなので！」

「そ、そうだね、霞ちゃん！」

ぎゅっとコントローラーを握って静かに意気込む胡桃さん。

俺はゲームを操作して、レースを開始させた。

ところで、実のところ俺はこのゲームがあまり得意ではない。

霞はそこそこ上手だが、俺はいつも中位に落ち着いている。

せっかく胡桃さんとゲームできるのだから、上手いプレイングを見てもらいたいという気持ちもあったし、実際他のゲームの中には得意なものも存在する。

だがしかし、俺はこのレースゲーム――『マリモカート』をプレイすると即決した。

それは、ある大いなる目的のため。

スリーカウントの後、レースがスタートする。

順位のほどは霞が一位、俺が三位、胡桃さんが十一位。滑り出しは上々といったところ。

そして、胡桃さんのキャラがコース最初の左カーブにさしかかる。

胡桃さんはキャラクターを動かそうとコントローラーを傾け――、一緒に身体も傾けた。

「あっ、ご、ごめんね霞ちゃん」

「いえいえ、最初は誰でもつられちゃいますから」

そう、霞の言う通りこのゲームをジャイロ操作でプレイしようとすると最初のうちはコントローラーと一緒につい身体も傾けてしまうのだ。

そして隣でプレイしていた人にぶつかってしまうのも『あるある』である。

胡桃さんがゲームを嗜まないことは、先日彼女の家に行った時に確認済みである。

故に俺は思ったのだ。

――胡桃さんにマリモカートをプレイしてもらえれば、肩がトンっと当たってドキドキするというラブコメシチュが実現できるのではないか、と。

そしてどうやらそれは当たりのようだった。しかし、想定外のことが一つ。

「わ、わわわっ」

「もー、胡桃さんくっつきすぎですよー」

「ご、ごめんね、霞ちゃん！」

「あはは、別にいいですよ～」

左カーブが来て、胡桃さんは左隣の霞にぶつかってしまう。次に右カーブが来るが、胡桃さんは先ほどぶつかったことで気を引き締めており、俺の方にはぶつかってこない。

なのに、気が付くとまた左カーブで霞にぶつかってしまう。

「……霞、ちょっと場所交代してくれ」

「？　うん、いいけど」

一レース目が終わったタイミングで提案すると不審がられたが了承してくれた。

そして二レース目が始まり……何故か、左カーブが来ない。

と言うか、ほぼずっと右カーブばかりのコースだ。

おかげで胡桃さんと霞の接触事故（現実）が多発していた。

「む、むずかしいね」

「もー、胡桃さんへたっぴですね～」

「だ、だって初めてなんだもん」

「ちょっと手握りますね。ここで、こうっ……と、こんな感じです」

「霞ちゃん上手だね！」

「これでも兄貴よりはプレイしてますから」

「そうなの？　って、やった！　二位だ！　霞ちゃんは……一位⁉　凄いね！」

「胡桃さんも、まだ二回しか走ってないのに二位って凄いですよ！」

「そ、そうかな？　えへへ」

「……っ！　も、もうっ、胡桃さん可愛すぎますよぉ！」

はにかむ胡桃さんに霞が抱きつく。いちゃいちゃいちゃいちゃいちゃ。

俺の隣で百合空間が形成されている。なんだこれ。

当初の予定と全然違う。と、ようやく俺もゴール……あれ？

俺の操作していたキャラがゴールを目前に操作から外れる。

そして、画面の下にシステムメッセージが表示された。

――《順位が確定したので、操作を終了しました。》――

「……」

「胡桃さん胡桃さん、次はどんなステージにします？」

「霞ちゃんのおすすめのステージとかあるならそこがいいかな」

「じゃ、じゃあここどかどうですか？」

「わぁ、凄い綺麗！」

「で、ですよね！　それにこのステージ、ランダムで四季が変わるんですよ！」

「へぇ、ってことは、今回は雪が積もってるし、冬？」

「はい！」

うなだれる俺を無視して交わされる二人の会話。

どうしよう、本当に胡桃さんが妹に寝取られそうだ。別に寝てはいないが。

それ以降もゲームを続けるが、イチャイチャするのは二人だけで、俺は常に蚊帳の外。

疎外感に苛まれ、何だか心がもやもやする。

——でも。

「もー、やったな霞ちゃん」

「さっき攻撃してきたお返しでーす！」

胡桃さんの楽しそうな表情を見て、まぁ、これはこれでいいか、とも思う。

俺は机の上のジュースに口を付けてからコントローラーを強く握り直すと、ゲーム画面に視線を向ける。俺が現在持っているアイテムは『カミナリ』。

全プレイヤーに同時にダメージを与える最強アイテムだ。

「俺を忘れるなぁあああっ！」

俺を除け者にしていちゃいちゃしている二人へ向けて、躊躇なくそれを放った。

☆

ゲームでしばらく遊んだ後、一息ついて昼食にしようということになった。

現在時刻は昼の一時、少し遅いが許容範囲だろう。

本当は晩御飯を食べてもらい、それでもって先日泊めてもらったお礼としたかったのだが、胡桃さんが両親に会いたくないと言っていたため昼前に来てもらって昼食をご馳走することにしたのだ。

俺は霞と一緒にキッチンに立つ。

胡桃さんはゲストなのでダイニングテーブルに座ってテレビを見ているようにお願いした。

「やっぱり何か手伝うよ？」

「いいよいいよ、お礼なんだし。一緒に料理をするのはまた次の機会に、ってことで」

「そ、そう？　……うん。わかった」

「ちなみに次は友達じゃなくて正式に彼女として招待したいな。むしろ嫁として――」

「け、結婚しないから！」

胡桃さんの否定の言葉に反応したのは霞だった。

「それじゃあ、付き合うまではあるかもしれないってことですか？」

「か、霞ちゃん⁉」

予想外の人間からの予想外の言葉に、胡桃さんは素っ頓狂な声を上げる。

「いやー、ほら。今『結婚しない』とは言いましたけど、『彼女』の方は否定しなかったからどうなのかなぁ、と思いまして」

「あっ、う、ぐぅ……、そ、その、付き合うとか、よくわかんないし……」

目を逸らしながらぼそぼそ答える胡桃さん。

「あははっ、じょーだんですよ、じょーだん。さて、下ごしらえはあらかじめしていたので、そろそろそっちへ持って行きますよー」

「兄貴持ってってくれる？」と言われたので、無言で首肯して鍋を持って胡桃さんの方へ。そろそろ寒い季節になってきた。当然だ、もうそろそろ十一月なのだから。というわけで、選ばれたのは鍋でした。

野菜を入れて、肉を準備し、三人分の箸をテーブルに並べる。

「おいしそうだね」

「はい！　我が家特製の『超鍋』です！」

「ちょうなべ？」

霞の言葉に小首を傾げる胡桃さん。俺はそれぞれの具材を指さしながら説明していく。

「スーパーで買ったコンソメに、スーパーで買った野菜、スーパーで買った豆腐にスーパーで買った肉と肉団子。名付けてスーパー鍋で『超鍋』」

「つまりは普通の鍋と変わらないってこと？」

「いや、隠し味が一つ」

「え、なになに!?」

興味津々に尋ねてくる胡桃さんに俺は人差し指を立てて、答えた。

「俺の胡桃さんへの愛情、だよ」

「そろそろ、食べよっか。霞ちゃん」

「そうですね、食べましょう」

「……泣きそう」

キメ台詞をさらりと流されて心が痛い。肩を落としつつテーブルに着く。霞が胡桃さんの対面に座っていたので、必然的に俺は胡桃さんの隣へ。先ほどとは俺と霞の位置が逆である。

お茶を注いでそれぞれに配ると、胡桃さんも取り皿をそれぞれに回してくれる。

「まぁ、この人ならいっか」

――ふと、霞のそんな呟きが聞こえた気がした。

「なんか言ったか？」

「……別にー？」

胡桃さんも微かに聞こえていたのか、不思議そうな顔の彼女と顔を見合わせる。

「まぁまぁ。とりあえず食べよ」

霞は言葉を濁して手を合わせる。気にはなるが教えるつもりはないらしい。別に言いたくないことを無理やり聞き出したいとも思わないので、俺も気にしないようにして手を合わせる。

胡桃さんも手を合わせて、

「「「いただきまーすっ！」」」

三人揃って鍋へと箸を伸ばした。

☆

食事を終えて部屋に戻ってくると、もう一度ゲームを始めた。というのも、胡桃さんが案外ハマってしまったのである。何レースか走って遊び、時間的にも最後の一レースだろうと話していると、不意に霞が提案してきた。

「罰ゲームとか……面白いと思いませんか？」

「いやいや、そんなの霞の圧勝じゃないか」

「確かに。霞ちゃん、ほとんど一位だし」

ちなみに俺と胡桃さんは中位から上位をふらふらしている。

「もちろんわかってます。なので、二人で勝負して負けたら罰ゲームって感じで……そうだなあ、何でも一つ言うことを聞く、なんていうのは定番じゃないですか？」

ニッと笑って俺たちを見つめてる霞。

「なるほど、よしやろう！　今すぐやろう！　胡桃さん勝負だ！　真剣勝負だ！　愛しているからと言って手は抜かない。愛しているからこそ手を抜けない！」

「まだ受けるって言ってないんだけど!?　わ、私はしないから！　その、私にメリットとかないし！」

「そうかな？」

「え？」

「何でも一つ言うことを聞くという権利があれば、胡桃さん曰く頭がおかしい俺を、好きな時に遠ざけることができる！」

「べ、別に、遠ざけたいとか思わないし」

「……」

「な、なに!?　悪い!?　と、友達なんだから、普通でしょ!?」

「いや、何と言うか……うん。好きだ」

「〜〜っ！　あ、あんたはいつも……っ！　そ、それに霞ちゃんの前でも変わらずに……わ、わかった！　それじゃあ私が勝ったら霞ちゃんの前でそういう言動はだめってことで！」

「そういう言動とは？」

「だ、だからその……あれよあれ。け、結婚とか、好きとか、愛してるとか、未来のお義姉ちゃん、とか……とにかく、そういう言動は霞ちゃんの前ではだめ！　……何か、生々しいし」

「？　なるほど」

どうせ禁止するなら霞の前という括りなど付けなければいいだろうに、どういうことなのだろうか。まぁ、聞いて藪蛇を突くことになっても嫌なので言わないけれど。

「……この鈍感」

「霞なんか言った？」

「別にー。それじゃ、二人ともやるってことでおっけー？」

「おう！」

「う、うん！」

「それじゃあ……レディー、ゴー！」

☆

勝った。愛の力は偉大だと確信した。

「というわけで霞、改めて紹介する。こちらは古賀胡桃さん。俺の未来のお嫁さんでお前の未来のお義姉ちゃんだ」

「わーい、胡桃さんが家族になったら毎日楽しそうですねー」

「う、ぐぅ……か、霞ちゃん……」

「あはは、冗談ですよ」

しょげる胡桃さんの頭を撫でる霞。俺としては冗談でも何でもないのだけど、楽しそうな二人を邪魔するほど、野暮な人間でもない。

「っと、胡桃さん。そろそろ時間じゃないか？」

尋ねると彼女は部屋の壁掛け時計に目をやる。その針が指し示すのは六時。

「そ、そうだね！　それじゃあ私はこれで――」

立ち上がり部屋を出て行こうとした胡桃さんを霞が袖を摑んで留める。

「ちょっと最後に胡桃さんと話があるからさ、兄貴外してくれない？」

「？　あ、あぁ、わかった」

よくわからないけれど、外せと言われたら外す。俺は部屋を出て——っと、そうだ。話を聞かれたくないならドアも閉めた方がいいか。どういうわけか本日、俺の部屋のドアはずっと開けっ放しになっていたからな。

「あっ、ちょっ、あの馬鹿——」

霞のそんな声が聞こえた気がしたが、気のせいだろう。

2

私、古賀胡桃は彼の部屋の中で、彼の妹である霞ちゃんと二人きりになった。

窓の外は薄暗い。十月末の六時ともなれば当然だ。霞ちゃんは私と二人きりで話したいと言って、彼を追い出したけど。いったいどうしたのだろう。

彼も特に何か言うこともなく部屋を出て行って——え？

「あっ、ちょっ、あの馬鹿！　……はぁ」

閉じられたドアの内側——ずっと見えていなかった面には私のポスターが飾られていた。

実はずっと探していた。彼の部屋に入ってから、部屋の中にあったのはアニメのグッズやライトノベルばかりで、私の雑誌や、ポスターなどはなかったから。

べ、別に、嬉しいわけではない！　断じて！　ただ、いつも好きとか愛してるとか結婚しようとか言ってくるのに、一つもないのはいかがなものかと思っただけ！　うん、そうだ！　そうなんだから！

「胡桃さん？」

「な、なに!?」

「いや、何かニヤニヤしてるんでどうしたのかなーって」

「へ、へっ!?　そ、そんなことないけど!?」

そんなわけない、と口元を両手でぐにぐにすると、霞ちゃんは大きくため息をついた。

「……はぁ。あの、一つ聞きたいんですけど」

「な、なにかな？」

先ほどまでの明るい声とは違う、真剣な声色に思わず背筋が伸びる。年下のはずなのに同年代か、もしくは年上と錯覚してしまうほど凛とした姿で、霞ちゃんは尋ねた。

「兄貴のこと、好きですか？」

「——へっ？　あっ、や、そ、そそ、そんな、ことは……」

必死に否定の言葉を紡ぐ。なのに勝手に口が震えて、舌が上手く回らない。

こんなの図星と勘違いされる。そんなわけない、そんなわけないはずなのに、どうしてか口が言うことを聞いてくれない。もっと滑らかに動いてほしい。

「やっぱり好きなんですね」

「ち、ちが、お、おに、お兄さんとは、その、い、いい、友達で……」

「そこまで取り乱しておいて、無理ありますよ」

「ぅぐ……」

「まぁ、それならそれでいいんですけどね」

「え？」

　言葉の意味がわからず疑問符を浮かべていると、霞ちゃんは口元に笑みを浮かべながらスッと視線をテレビの横へと向ける。そこにはいつ撮ったのかわからないけれど、まだ幼い彼と霞ちゃんの写真が飾られていた。

　どこか旅行に行った時のものなのだろうか。手を繋いで、二人とも楽しそうに笑っている。

「今日一日、楽しかったです。……でも、謝らないといけないこともあります」

「謝らないといけないこと？」

「はい。今日私は、胡桃さんと仲良しのふりをしました」

「……っ！」

「あっ、そ、そんな顔しないでください！　本当に楽しかったし、できればこれからも仲良くしていきたいと今思っているのは本心です！」

　霞ちゃんは言葉を区切り、頭を下げる。

「ただ出会ってすぐは、演じてました。ごめんなさい」

その言葉に私の心がちくりと痛んだ。

だって、私は霞ちゃんと話しているのが最初から最後まですごく楽しかったから。

それはまるでモデルを始める前に、少ないけれど確かに友達が居たあの日々みたいで。

思わず目じりに涙が溜まり、でも年上の威厳を守るために下唇を噛みながら、こぼさないよう何度も瞬きする。そして一度大きく息を吸い込むと、震える喉を押さえつけながら尋ねた。

「ど、どうして？」

「……あれでも、兄ですから」

「えっと、どういうこと？」

言葉の意味がわからず聞き返すと、霞ちゃんは頭を上げてぼんやりと写真を見つめた。

「兄は、つい最近まで普通だったんです。——いえ、どこか落ち込んでいるような、思い悩んでいるようなそぶりはありましたけど、でも、まだ普通だったんです。少なくとも、今日みたいな、私の目があるにもかかわらずあんな訳のわからないことを口にするようなおかしい人ではありませんでした」

霞ちゃんは一呼吸おいて続ける。

「そんな風に兄がおかしくなった原因が、私は胡桃さんだと考えました。いえ、胡桃さん以外ありえないと確信しました。だって家に帰れば毎日毎日胡桃さん胡桃さんって言うんですもん。だから……なんか騙されてるんじゃないかなぁって、そう思ったんです。それぐらい陶酔していましたから」

言われて初めて気付いた。

確かに私も彼の言動はおかしいと思う。少々頭のねじが外れていると思う——いや、思っていた。そうだ、最近はあの言動が嬉しいと、心地いいと思っていた。

けれど、はたから見れば異常にもほどがある。

仮に自分の家族が、ある一人のことを狂信的に愛し始めたら——そしてその直前、思い悩んでいた素振りがあったのだとすれば——なんだかそれはまるで、悪徳宗教にハマった人みたいじゃないか。

「……」

何も言えない。

私は……私はいつも傍にいて、毎日のように言葉を交わしていたのに、全然気付いていなかった。彼からの愛に慣れ始めていた。

ちく、ちく、と心が痛み、霞ちゃんの顔を見ることができずに俯いてしまう。

「でも、今日一日、って言っても実際には半日ですけど。とにかくずっと見ていて気付いたんです」

「……何に？」

顔を上げて霞ちゃんを見れば、彼女はニッと笑って告げた。

「なんだ、ただのバカップルじゃん！　って」

「……え？　ぇあ、や、ち、ちがっ！　私とお兄さんはそんな関係じゃ――」

「本当に？」

「え？」

「本当にそうなんですか？」

じっと見つめてくる霞ちゃんの表情は、よく彼がするものとそっくりで……なぜか自然と顔に熱が昇る。

暑い。十月も終わりなのに、こんなにも暑い。どうして？　どうなってるの？

「付き合ってないんですか？」

「つ、つきあって、ない」

「手は繋ぎました？」

「…………うん」

「じゃあ腕を組んだりは？」

「…………うん」

霞ちゃんの質問に、口が勝手に答えていく。

なんで？　あいつの前なら否定できるのに……霞ちゃんの前じゃ身体が全然言うことを聞かない。もしかして今日一日遊んで信頼したから？　友達だと、認めてしまったから？

わからない。理由なんか全然わからない。

でも勝手に本心を——って、ち、ちがうから！　ただ、えっと、えっと、なに？　なんだろ、わからない。ただ質問に答える度に胸が苦しい。ぎゅって締め付けられて苦しい。苦しいはずなのに、身体がぽかぽかして暖かくて、心地いい。

そんなしっちゃかめっちゃかな私の胸中を無視して、霞ちゃんは質問を続ける。

「抱き合ったことは？」

「…………うん」

「それじゃあ——」

霞ちゃんはまっすぐに私を見つめる。

「キスは？」

トクン、トクンと脈が速くなり、あの日を思い出してしまう。

キス——した。

キス——された。

そして、私は我慢できなくなって——。

「…………ん」

消え入りそうな声で答え、首を縦に振る。

胸が苦しい。

改めてキスをしたという事実を口にした瞬間、今までにないほど苦しくなった。

「顔、真っ赤ですよ」

「〜〜〜っ！　やぁ、み、見ないで、霞ちゃん……」

「まだダメです。最後の質問」

「だ、だめ、聞かないで……」

それを言われたらだめだ。

それを尋ねられたらだめだ。

認めてしまう。

これまで目を逸らしてきたことを。

絶対に。

確実に。

だめ。

だめ。

だめ……っ。

拒絶するようにぎゅっと目を瞑った私に、されど霞ちゃんは躊躇することなく尋ねた。

「——兄貴のこと、好きですか？」

「…………うん」


認めると、心がきゅっと痛くなる。

好き——私は、古賀胡桃は、彼のことが好き……。

「……っ！　ど、どうしよう！」

「何がですか？」

「な、何が、だろ……と、とにかくどうしようっ」

ど、どうしたらいいんだろ。人を好きになるのなんて初めてのことだから、どうすればいいのか全然わかんない。ただ心がざわついて、なんだか落ち着かなくて、もじもじと足を動かす。

「胡桃さんとしてはどうしたいんですか？」

どうしたい、か。

どうするか。世間一般ではこういう場合、やはり告白して交際するというのがセオリーなのだろうか？

試しに私は、彼と付き合った場合のことを考えた。

まず間違いなく毎日一緒に登下校する。学校でも一緒に過ごして、お昼時にはあーん、なんてして、それでできれば二日に一回は泊まりに来てもらって、家では一緒にご飯を食べて、シャワーを浴びて、ソファーに座ってキスをして、それでその後はベッドで――。

「胡桃さん？　顔真っ赤ですけど大丈夫ですか？」

「……へっ⁉　だ、大丈夫だけどっ⁉」

「……何考えてたんですか？」

「べ、べべべ、別に何も⁉」

「動揺しすぎですよ……本当は何を考えてたんです？」

「え、えっと、その、つ、付き合った場合のこと、とか？」

まさかあなたの兄と最後まですることを妄想していましたとは言えない。

しかも一度経験済みであるために、かなり鮮明に妄想していたとも言えない。

「なるほど」

何とか誤魔化せたかな、と思っていると、霞ちゃんはニッと口の端を吊り上げた。

「胡桃さんって、案外すけべなんですね」

「～～～っ！　ち、ちが、違うから！」

「別に誤魔化さなくてもいいですよ。私も甥っ子姪っ子ができるのは嬉しいので」

　ニヤニヤと笑みを浮かべる霞ちゃんを見て、状況の打開は難しいと判断。私は強引に話題の変換を試みる。

「と、とにかく、その、付き合うっていうのは、ちょっと難しい……かも」

「どうしてですか？」

「そ、その……、たぶんハマる」

「？　ハメるの間違いでは？」

「霞ちゃん⁉」

「おっと失礼。兄貴の変態が伝染したみたいです。……それで、ハマるとは？」

　何事もなかったかのように話を続ける霞ちゃんだが、私は先ほどの言葉に驚きを隠せない。と言っても、掘り返すほど私は下ネタに強くないので触れないけども。

「その……私ってクラスで孤立してるから、今お兄さんと付き合ったら、たぶんダメになっちゃうから。言い換えるなら――」

　依存、してしまう。

　私は彼が居たから今を生きている。そして何とか学校にも通えてる。だけど……いや、だからこそ、近づきすぎたら離れられなくなる。際限なく依存しまうだろう。

「あー、なるほどなるほど」

「……」

「いや、今のは下ネタじゃないです」

「わ、わかってるから！」

ダメだ、先ほどの発言で霞ちゃんが変態にしか見えなくなってきた。

「って言うか、キスしたんですよね？　今更じゃないですか？」

「うっ……」

「手を繋いで、腕を組んで、抱き合って、キスして？　それこそ残ってるのなんて一つしかないじゃないですか。そこまで来たらもう、あんまり難しく考えずに付き合ったらいいんじゃないですか？」

その言葉を受けて、私は内心思った。

――霞ちゃん、残ってるものなんて何一つないんだよ。

そうです私が一番の変態です。

「で、でも……」

「まぁ、確かにどうするのかは胡桃さんが選ぶことですし、すぐに決める必要もないとは思いますけどね」

「……うん」

霞ちゃんは最後に「相談にはいつでも乗るので、困ったことがあれば遠慮なく連絡してください」と言って話を切り上げた。

私としても、これ以上長居をしているとご両親が帰ってくる可能性もあるのでそろそろお暇させていただくことにした。正直、こうして遊びに来た以上、挨拶するのが常識であり礼儀だとも思うけれど、個人的に顔を合わせたくない。

別に彼女かなにかと勘違いされる分には問題ない。ただ息子さんの寝込みを襲ったことがあるので顔を合わせにくいというだけだ。最低すぎる。

「それじゃあ兄貴も待ってますし、そろそろ行きましょうか」

「う、うん」

すっかり話し込んでしまった。

除け者にしてしまった彼に心中で謝罪しつつ部屋を出ようとして、

「兄貴のこと、よろしくお願いしますね」

背後から投げかけられた言葉に、私は振り返って霞ちゃんを見つめて答える。

「うん」

霞ちゃんの瞳はどこまでもまっすぐだった。

誰かを思って行動するその姿はまるであいつのようで……だからだろう。

やっぱり兄妹なんだな、なんて当たり前のことを思うと同時に、私には眩しく見えた。

☆

女の子二人の会話がなされている部屋の外——より正確には家の玄関付近で俺は、忠犬ハチ公よろしく二人がやって来るのを待っていた。

ちなみにコートを着て靴を履いている。別に今からどこかへと遊びに行くというわけではない。胡桃さんを駅まで送るのだ。外は暗いので心配だからというのは表向きの言い訳で、本音は一秒でも長く胡桃さんと一緒に居たいだけ。

それにしても、二人は一日で本当に仲良くなった。

紹介した身としてはやはり不安は抱いていたわけで。

しかし先ほどの雰囲気を鑑みるにその関係はかなり良好なものに思う。

まぁ、男の俺が女子間の友情について何がわかるのかと言われればそれまでなのだが。

上がり框に腰掛けて物思いに耽っていると、二階から声が聞こえてきた。

扉を開けて二人が出てきたのだろう。視線を向けると、霞に背中を押される胡桃さんの姿が見えた。

胡桃さんも俺に気が付いて、一瞬視線が交わる——と、物凄いスピードで逸らされた。

「え、な、なに？」

「……っ」

頬を朱色に染めて、目を泳がせる胡桃さん。

どうしたんだ、と彼女の後ろに控える霞を見ると、苦笑を浮かべて頬を掻いていた。

「あー、なんて言うか……、と、とりあえず兄貴に返すね」

「か、霞ちゃんっ⁉」

まるで親に捨てられた子供のようなすがる目を霞に向ける胡桃さん。

本当に何があったというんだ。

「別に貸したつもりはない。胡桃さんはずっと俺のだ」

「わ、私、あんたの物じゃないんだけど⁉」

「そんなのわかっているよ。胡桃さんはずっと俺の大事な人だって意味だ」

「え……っ！　あ、あぅ、え、っと……」

いつもなら、それも違う！　と言い返しそうなものだが、胡桃さんは顔を真っ赤にして俯くと、もじもじ指を突き合わせた。なんだろうその反応。滅茶苦茶可愛い。

「えっと、大丈夫？　結婚する？」

「だ、大丈夫、だから……っ」

「ふむ、なるほど。つまりは結婚してくれると」

「し、しない！　まだしないから！」

赤い顔のまま、きゅっと目を瞑って吠える胡桃さん。

勢いのままに口にした彼女だけれど、その言葉を流すことはできなかった。

「ま、まだ？　ということは、いつかは結婚してくれる……と？」

俺に指摘されて初めて自らの失言に気付いたのか、胡桃さんは視線を彷徨わせながら、最終的に再度すがる目を霞に向けた。

「あー、私宿題まだだった～」

しかし算段は失敗に終わった模様。

無情にも霞は階段を昇って自室へと消えていってしまった。宿題なら仕方ない。中三だし、受験生だし。

「……」

「……」

一方で玄関に残された俺たちは見つめ合う。

潤んだ瞳でこちらを見つめ、何かをこらえるように胸を押さえる胡桃さん。

妙な空気感が場を満たしていくのを感じる。むず痒いのに、不快ではない、そんな空気。

日頃、空気を読まないことにかけては右に出る者は居ないと（桐島くんに）噂される俺も、さすがにこの状況で茶化すことはできない。

「と、とにかく駅まで送るよ」

「……ん、うん」

結局、そう提案するのが精いっぱいであった。

3

胡桃さんを伴って家を後にする。

駅へと向かうために玄関の戸を開けると冷たい風が頬を撫でて体温を奪っていった。

昼間は僅かに感じられた陽気も一切感じない。

夜ともなると気温は一気にぐっと下がっていた。

「……」

「……」

お互いになんと口にしていいのかわからず沈黙が場を支配する。

それにしても予想以上に寒い。最低気温更新とか、多分そんな感じの気温だ。

胡桃さんに至っては、かなり寒そうである。昼間なら十分に思えた装備は、しかし夜の寒さには敵いそうにない。

彼女は指先に息を吐きかける。白い息はそのまま宙空へと昇り、宵闇に溶けて消えた。

俺はコートを脱いで胡桃さんに差し出す。

「胡桃さん、これ着てよ」

「いいの？」

「もちろん。俺のコートは胡桃さんに着られるためにあるようなものだから」

「そ、その言い方はなんかアレだけど……うん、ありがと」

コートに袖を通すと、少し大きいのか指先まで隠れてしまっている。もう少し長ければキョンシーみたいになっていただろう。胡桃さんは手を口元へ近づけると「あったか……」と呟いて、自らの頬をふにふにとさすった。

何それ超可愛いんですけど。と言うかもうこのコートは洗わない。今決めた絶対に決めた。

「……」

「……」

——会話が途切れる。

静寂が充満する。

だけど話したいわけじゃない。話したいことはあるのだ。それ即ち、先ほどの話題である。

けれど内容が内容だけに、いざとなるとビビってしまうチキンハート。何と切り出せばいいのか云々。俺は数瞬思考を巡らせるが、結局は単刀直入に尋ねることに決めた。

「あのさ——」

「あ、あの——」

口を開いた瞬間、胡桃さんも同時に言葉を発する。

見事にかぶって、次が出てこない。

すると胡桃さんが「さ、先に言って」と促してきたので、俺は首肯してから話を切り出した。

「さっきの話なんだけど」

「……っ！　う、うん……」

切り出すと胡桃さんは肩を大きく揺らし、服の裾をキュッと両手で握った。その姿が可愛すぎて、今すぐ抱きしめたい衝動に駆られる。できることなら婚姻届をもらいに、市役所へと赴き、そのまま提出したい。そんな欲をぐっと堪え、言葉を続ける。

「俺は胡桃さんのことが好きで、本当に愛していて、絶対に結婚したいって思ってる。この間、言い過ぎたら軽薄になるって忠告されたけど、それでも抑えられないくらい、俺は胡桃さんのことが好きなんだ」

「……うん」

「胡桃さんは俺のこと……どう思ってる？」

彼女は僅かに迷うような素振りを見せた。視線を彷徨わせ、地面を見て、自身の手を見て、コートの裾を握り、ふいっ、と俺を見る。

「き、嫌いじゃ、ない」

「それって好きってこと？」

「…………」

胡桃さんは無言だった。しかし、その頬は先ほどから変わらず朱色に染まっている。

いや、頬だけでなく耳まで真っ赤だ。

「顔真っ赤だね」

「〜〜〜っ！　あ、あんたたち兄妹はなんで揃いも揃って……っ」

「兄妹？　霞がどうかしたの？」

「な、何でもないっ！」

顔を逸らして言葉を濁す胡桃さん。霞が何を言ったのかは知らないがおそらく二人が話している時に何かあったのだろう。わからない。わからないが、何となくわかったこともあった。

いや、正確にはわかったというより確信した。俺はそれを確かめるために、再度胡桃さんに尋ねる。

「胡桃さん、俺のことどう思ってる？」

「さ、さっき答えた」

「うん、その上でもう一度聞いてる。そしてその答えによっては行き先が駅ではなく市役所になる。目的はもちろん婚姻届をもらいに」

「ば、馬鹿なの⁉」

「本気だよ」

「……っ」

「本気の本気だ」

「……っ、ほ、本当に？」

「うん」

「ほ、本当に、私と結婚したいの？」

「もちろん」

それはまるで、確認のセリフのようだった。

答えを聞いた胡桃さんはあわあわと口を震わせ、視線をふらふらと泳がせる。表情を読み取られまいと思ったのか、両頬に手を当ててきゅっと目を瞑る。

「そ、そんなに、私が好きなの？」

上目遣いで、そう尋ねてくる。

当然即答する。

「好き、大好きだ。世界で一番愛している」

「……っ！　あ、あぅ……」

素直に答えると、胡桃さんは胸を押さえた。

「だ、大丈夫っ？」

心配になったので慌てて声を掛けるも、胡桃さんはそれをスルー。

瞑目して大きく深呼吸を一回、二回と繰り返して落ち着きを取り戻すと、俺を見つめ返して

――告げた。

「結婚は、だめ」

その言葉に、頭が真っ白になる。

「そん……な……」

今までも何度も結婚をお願いしてフラれてきたが、今回の返事はそれまでのものとは雰囲気が異なる気がした。何故、そう思ったのか。

それは胡桃さんの表情が、真剣だったからだ。

胡桃さんは比較的感情が表に出やすい人である。今までは拒絶する時も照れたような、場合によっては僅かに笑みすら浮かべて彼女は告げていた。だから俺は真剣には受け取ってこなかった。だというのに今回は真剣に、拒絶されたのだ。

それを理解した瞬間、心に大きな穴が開いたような気がして――

「……え？」

ふと、胡桃さんのひんやりとした手が俺の左手に触れた。

驚いていると、胡桃さんはその手をもぞもぞと動かして、指を絡ませるように握ってくる。

それは恋人繋ぎというやつで。

胡桃さんは、震えた声で言葉を紡ぐ。

「け、結婚は、まだだめだから……一段階落として……」

繋がれた手と、その言葉。

これだけのヒントで間違えるはずもない。

俺は手を握り返すと胡桃さんに向き直り、生唾を飲み込んでから——提案した。

「胡桃さん、俺と付き合ってください」

「…………はい」

☆

胡桃さんと駅へと続く道を再度歩き始める。

道も、空気も、気温も、なにも変化していないというのに、俺の目に映る景色はいつもよりふわふわとしているように感じた。理由は単純で、現在進行形で俺の横を歩く胡桃さんとの関係の変化である。

つまるところ、友達から恋人へのジョブチェンジ。

俺は自分の左腕——より正確に言うなら、俺の左腕に抱きつく胡桃さんに目を向ける。

「……」

「な、なにっ⁉」

顔を赤くして、しかし離れようとはしない胡桃さんの態度が、関係の変化が現実だと認識させてくれた。

「いや、ようやく一歩目を踏み出せたかなって」

「ち、ちが……っ、いや、その、えっと……うん……」

一瞬、いつもの調子で否定の言葉を口にしようとした胡桃さんであるが、俺の顔を見てももごもごと言葉を濁した後、素直にうなずいた。何この生き物、かわいい。

想いを抑えきれずに、俺は胡桃さんを抱きしめる。

以前ならセクハラだったが今は恋人関係。これくらいなら許されるはず……。

「なっ、だ、だめっ！」

しかし胡桃さんの反応は俺が予想していたものとは異なって拒絶の色を見せた。

いったいどうして？　と思うも取り乱したりはしない。何故なら俺たちはラブラブの恋人関係なのだから。

「……ど、どどど、どうしてっ？」

訂正、めっちゃ取り乱しちゃった。

でも仕方がない。まさか拒絶の言葉を頂戴するとは考えてもいなかったから。

「そ、そういうのは、二人の時にして……は、恥ずかしいから……っ」

胡桃さんは視線を前方へと向ける。

つられて前を向くと、すでに駅が目と鼻の先に来ていた。

この駅はこの周辺地域一帯の中心的役割を果たす駅であり、現在時刻はそれなりの混雑の様相を見せている。休日出勤のサラリーマンに、家族で出かけた帰りと思しき親子連れ、友人でも待っているのであろう女子高生など、かなりの喧騒が飛び交っている。

「じゃあこれは？」

言って、抱きしめられている左腕を指さす。

「そ、それは……腕を組むのは普通のカップルって感じだけど……外で抱き合うのは、ちょっと……あれでしょ？」

言われて納得する。

確かに外でべたべたと抱き合ったり、キスしたりするカップルを傍から見るのはかなりきついものだ。これが欧米であったならば特にどうということもないだろうが、日本においては異なる。

俺は気にしないが、胡桃さんが嫌だと言うのなら無理強いはしたくない。

「それじゃあ今すぐ二人きりになろっか」

「なんで!?」

「だって胡桃さんといちゃいちゃしたいし」

「ばっ――。ま、まぁ、わかるけど……っ」

まただ。ばか、と言いかけて胡桃さんは言い直した。

鋭い目を向けてきたかと思うと、急に顔を赤くしてふいっと顔を逸らすのが可愛い。非常に可愛らしいのでいつまでも見ていたい。できることなら動画にして永久保存しておきたい。

「～っくぅ、これがデレ期！　よし！　今から二人きりになってめくるめく夜を――」

「で、デレてなんてないから！　そ、それに霞ちゃんが家で待ってるんだから、今日はだめ！」

「今日は？」

「……っ、ば、ばか！」

ぽかっ、とわき腹を小突かれる。痛くはない。むしろ幸せが心を満たしていく。きっと胡桃さんの暴力にはヒーリング効果があるのだろう。

「わかった。胡桃さんがそう言うなら、今日は我慢するよ」

「…………ん」

「なんか寂しそうだね」

「そ、そんなことないけどっ⁉」

「そんなことないの？　酷いな。俺はもう一分一秒でも長く胡桃さんと一緒の時間を共有したいと思っているのに、胡桃さんはそうじゃないんだ……」

　あからさまにしょげてみせると、胡桃さんは間髪容れずに言葉を紡ぐ。

「わ、私だって……っ！」

「私だって？」

　聞き返すと胡桃さんは恨めしそうな眼を俺に向けつつ、意を決したように言葉の続きを繋いだ。

「……寂しくないわけじゃ……ないんだから」

　唇を尖らせて、上目遣いに呟く胡桃さん。

「だから、今日はこれで我慢して」

　胡桃さんは手を繋いだまま俺に向き直り、つま先立ちになって彼我の身長差を埋めると、俺の耳元へ口を近づけて囁いた。

「…………すきだよ」

「……っ！」

　脳が蕩けそうな声を聴いて、自然と顔に熱が昇るのを自覚する。

　対する胡桃さんも頬を真っ赤に染めてしたり顔を決めていた。かわいい。

　でも、こういうのを見るとついついやり返したくなってしまう。俺は彼女同様に耳元へ口を近づけると、

「俺も好きだよ、胡桃さん。世界で一番愛してる」

お返しとばかりに告げる。胡桃さんは口元を袖で隠して一歩、二歩と後退り——。

「……っ、わ、私もう帰るからっ！」

胡桃さんは、スタコラサッサと駅の改札へと向かっていった。

やっぱりデレてるじゃん。かわいい人だなぁ。

☆

私、古賀胡桃は電車に揺られて自宅へと帰り着く。

部屋の電気をつけてふらふらとソファーへと進むと、ぼすん、と脱力して全身を預けた。

「……」

クッションに顔を埋めると、思い出すのは先ほどの出来事。

『胡桃さん、俺と付き合ってください』

いつもとは違う、真剣な声音でそう告げる彼の表情。

それは、いつも私にプロポーズしている時のものではなく……あの時の、私を助けてくれて、私のために戦ってくれている時の、最高に格好いい表情そっくりで……。

「〜〜〜っ！」

思い出すだけで身体(からだ)がむず痒(がゆ)くなって、足をバタバタ。
クッションをぎゅーっと抱(だ)きしめる。
どうしよう……どうしよう、どうしよう！
私はソファーの上でじたばたじたばた。
行儀(ぎょうぎ)が悪いことはわかっている。
はしたないこともわかっている。
でも……でも、抑(おさ)えられない……っ！
「……すき。……すき、すき……っ」
言葉にするとさらにむず痒(がゆ)くなる。
けれど同時に、心がどんどん温かくなっていく。
口にすればするほど、思いが積み重なっていく。
今ならなぜ彼が、いつも愛を囁(ささや)いていたのかがわかる気がする。
彼と別れる最後、私は彼に『すき』と囁(ささや)いた。
思い出すだけで恥(は)ずかしいというのに、もっと言いたいとも思う。
自覚すれば止まらない。
この感情が止まらない。
早く月曜日にならないかな、なんて、そんなことを考えてしまう。

一緒に学校に行きたい。手を繋いで登校したい。外では恥ずかしいから二人きりの時に抱きしめ合いたい。『すき』って言いながらキスしたい。そして、それから改めて彼と……。

「……」

どうしよう、むらむらする。身体の疼きがいけない方向に走り出している。

きっと私は浮かれているのだろう。

加えて、恋人になったことで『そういった行為』をより濃く意識してしまっている。

だけどそれも仕方がない。

彼氏ができたのなんて初めてだし、何より本日の別れ際の会話は、恋人として『誘われている』ものだったのだから。

あの時は断ったけれど、もし誘いに乗っていたら今頃……。

「……」

私はソファーに座り直すと彼から借りていたコートを脱いで、ジッと見る。

「いやいや、さすがにそれは……」

とか言いつつ鼻を近づけて、すんすん。彼の匂いがした。当然か。

鼓動がさらに激しくなるのを感じる。息が荒くなっていくのを自覚する。

脳が沸騰しそうなほどに顔が熱くなる。

ダメだ、と、心の中で冷静な自分が止めているけれど、身体は言うことを聞かない。

コートを抱きしめ、ぽてんとソファーに横になる。
理性を性欲が上回る。
やはり私は変態なのかもしれない。
寝ているところを襲っておいて今更の話ではあるけれど。
「……これは、浮かれてるだけだから……っ」
私は彼のコートに顔を埋めて抱きしめると、右手を下腹部へと伸ばした——。

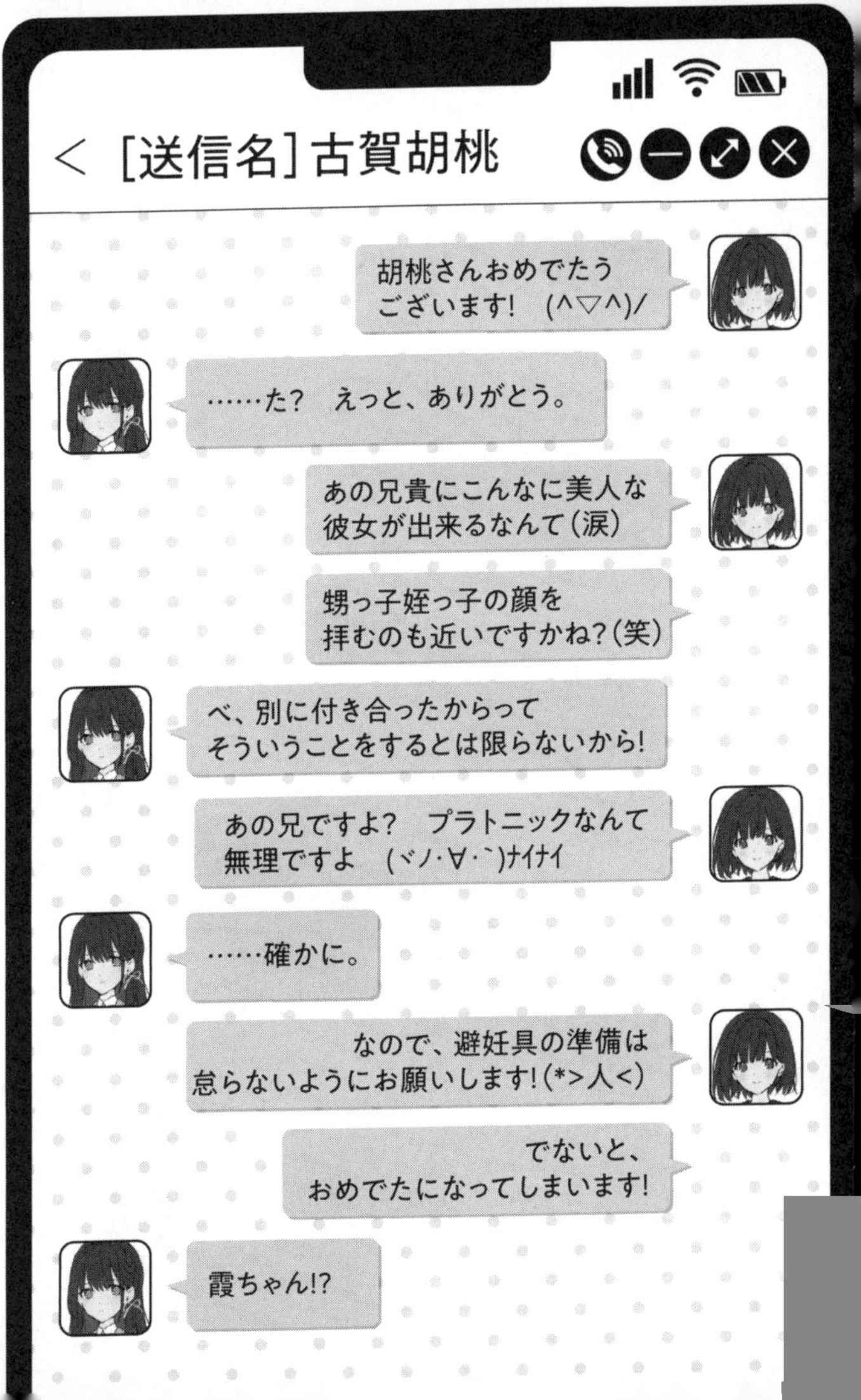
< [送信名]古賀胡桃
胡桃さんおめでたうございます! (^▽^)/
……た? えっと、ありがとう。
あの兄貴にこんなに美人な彼女が出来るなんて(涙)
甥っ子姪っ子の顔を拝むのも近いですかね?(笑)
べ、別に付き合ったからってそういうことをするとは限らないから!
あの兄ですよ? プラトニックなんて無理ですよ (ヾノ・∀・`)ﾅｲﾅｲ
……確かに。
なので、避妊具の準備は怠らないようにお願いします!(*>人<)
でないと、おめでたになってしまいます!
霞ちゃん!?

第四章 キミが助ける未来

飛び降りる直前の同級生に『×××しよう！』と提案してみた。

1

月曜日は俺にとって忌むべき存在である。

否、それはきっと俺だけではなく、大半の人にとってはできれば来ないでくれ、と願ってやまないものだろう。悠々自適な休日を終えて、新たにやってくる絶望。ただでさえうんざりする通勤ラッシュの満員電車が殊更に苦しく感じるのだ。

そんな所感を抱いていたのが先日までの自分である。

しかしながら、本日に限っては違っていた。

眠気に負けそうになる駅までの道も、すし詰め状態の車内も気にならない。

遠足当日の小学生のようにルンルン気分の俺は、まさしく天にも昇ると表現しても差し支えないほど浮かれていた。何故か？

——現在進行形で、隣に世界一可愛い生き物が居るからだ。

彼女との距離は付かず離れず、時たま制服の袖が擦れる程度。それだけで彼女はぴくりと肩を揺らし、何かを訴えるように上目遣いにこちらを見つめてくる。だというのに目が合うと小動物のようにサッと逸らされてしまうのだから、可愛くて仕方がない。

長い黒髪に整った顔立ちは、一見すれば同学年とは思えないほど大人びているというのに、時折垣間見えるそんな所作に胸のドキドキが止まらない。

「最高……っ」

「い、いきなりなに？」

「いや何と言うか、夢にまで見た関係に一歩近づいたことでこう……心の内がどうしようもないほど幸福で満たされて、つい」

「そ、そう」

あきれた様子で返事をする胡桃さん。

いつも通りだ、なんて思っていると彼女は咳払いを一つ。

「ん、んんっ！　そ、その……わ、私も……幸せ、だから……」

もじもじと指を突き合わせ、俯きながら消え入りそうな声で呟く胡桃さん。

しかしここは学校へと続く通学路。周囲の喧騒にかき消されてうまく聞き取れない。

本当は胡桃さんの言葉を一言たりとも聞き逃したくないのだが……仕方がない。

「ごめん、もう一回いい？」

「わ、わざとっ⁉」

「いや、本当に聞き取れなかったんだって！」

「うそ、あんたはこういう時だけ聞き逃すじゃない！　絶対わざとでしょ⁉」

頬を膨らました胡桃さんに軽く体当たりされる。全然痛くない。

「そんなつもりはないんだけど……それに今は周りが騒がしかったしさ」

慌てて弁解すると、彼女は訝しげな眼を向けた後、確かにといった面持ちで周囲を見渡す。

そして同時に、今の応答でかなり周りの注目を集めていたことにも気が付いたらしい。

彼女は恥ずかしそうに俯くと、もう一度トンッと体当たり。

そのまま抗議の気持ちを押し付けるかのようにぐりぐり押される。

「いやん、積極的」

今度はカバンで叩かれた。ちょっと愛がこもり過ぎて痛かったけどご愛敬。

「それで、さっきはなんて言ってたの？」

再三に渡りお尋ねすると、彼女は唇を尖らせてからもう一度周りを見渡し、意を決した表情で背伸びをして、俺の耳元で囁いた。

「私も、幸せだから」

「……」

こしょこしょと届く吐息。これぞまさにリアルＡＳＭＲ。

おかげで俺の脳は無事にショート。

「……な、何か言ってよ」

そんな姿を見かねたのか、胡桃さんは服の裾をくいくいと引っ張って不満の声を上げた。

「よし、それじゃあこの胸の内にたぎる、溢れんばかりの愛を今から語り尽くしてもいいかな？　いや、愛は溢れ続けているから尽きることなんてないけれど。それじゃあ最初は――」

「や、やっぱり何も言わないでっ！」

口を開こうとして、胡桃さんに止められる。

言ってとお願いしたのは彼女だというのに、なんという理不尽。

しかし冷静に考えてみればここは通学路な上、長話し過ぎると遅刻の可能性も出てくる。

仕方がないと言えば仕方がない。

若干肩を落としつつ了承の返事をしようとして、

「そ、そういうのは、二人きりの時に……」

ね？　と表情を読まれないようにするためか右手で口元を隠しながら告げる胡桃さん。それでも朱に染まった耳は隠せておらず――。

思わず学校へ向かう足を市役所へ向けるところであった。

☆

教室に到着するとすぐにホームルームが始まり、授業が開始された。

しかしもちろん授業に集中などできるはずもなく、視線は黒板ではなく斜め後ろの席に座る胡桃さんの下へ。ノートをとっているのか凛々しい顔でシャーペンを走らせている。

そんな様子に見惚れていると、ふと顔を上げた彼女と目が合った。

「……っ」

凛々しい顔が一瞬緩んだかと思ったら、勢いよく逸らされる。

これですでに何度目だろうか。ちらっと見る度に視線が合う。

位置的に俺が彼女を眺める回数は少ないはずなのに、それでもばっちり視線が絡み合う。

これは偶然？　いいえ運命ですね、はい。

……ちらっ、——バッ！

そんな攻防を続けているうちに授業は終わり、昼休み。

いつもなら霞特製の弁当を持参しているのだが、本日はとある理由から手ぶらだ。

「やっと胡桃さんと話せるね。早く席替えして隣になりたいよ」

本日は十一月二日。月替わりと共に行われる席替えは、されど担任の授業が入っていない為明日に延期である。

「わ、私は、これくらいの距離がちょうどいいかも」

「どうして？」

「……じ、授業に、集中できないから」

言われて思い起こすのは授業中の攻防。

たまにしか見ていないのにほぼ確実に目が合っていたということは、つまり俺が彼女を見ていない間も、彼女は俺を見ていたということだ。

「胡桃さんって、俺が思っている以上に俺のこと好きだよね！」

「……は、はぁっ⁉　なっ、ばっ……、うぅ……わ、悪い⁉」

「いや、嬉しいよ。俺も大好きだから」

「……っ、し、心臓が保たないからやめて……っ」

消え入りそうな声で胸を押さえる胡桃さん。

もっと照れる彼女を見ていたいけれど、そろそろ小腹が空いてきた。

このままでは昼休みの時間が終わってしまう。

「それじゃあお昼にしようか」

と言うと、胡桃さんはおずおずと自らのカバンに手を入れて中から二つの弁当箱を取り出し、その片方をこちらへと突き出した。

「……はい」

「ありがとう、初めての愛妻弁当……すごく嬉しいよ」

「うん……って、つ、妻じゃないけど？」

慌てて訂正する胡桃さん。そんな姿もラブリーだ。

今すぐ教室を飛び出して世界の中心で愛を叫びたい欲求に駆られるが、何とか理性で押さえつける。今は世界の中心よりも目の前の愛妻弁当が重要。

包みを開けると、中にはシンプルながらもきれいに具材が並んでいた。

「すごくおいしそうだ」

「そ、そう？　……ありがと」

胡桃さんは照れたようにはにかんで頬を掻く。

「……すごく、おいしそうだ」

「何で二回言ったの？」

「あ、いや。胡桃さんを見ていたらついうっかり」

言葉の意味がわからなかったのか、顎に手を当て小首を傾げる胡桃さん。

やがて答えにたどり着いたのか、かぁ……っと顔を赤くする。

「……あっ！　さ、最低！　……いや、さすがにキモいんだけど？」

「まさかのマジレス⁉　好きなんだから仕方ないだろう⁉」

「時と場所をわきまえてってこと！」

「確かに！」

そう言われてはぐうの音も出ない。代わりにお腹からぐうと音が鳴った。

それを聞いた胡桃さんは苦笑。

「とりあえず食べよっか」

「そうだね」

二人揃っていただきます。どれにしようかと悩みつつ、俺は卵焼きを選択した。

箸で摑んでパクッ、たったそれだけの動作なのに眼前の胡桃さんは不安げな表情で見つめてくる。まるで合格発表を待つ受験生のようである。

はたして結果は——。

「……おいしい」

「そ、そうっ？」

「うん。特にこの隠し味である愛情が、すごく身に染みるね」

「っ、ば、ばかじゃないの⁉」

「入ってないの？」

「うぐっ……し、しらないっ！」

そっぽを向いて自分の弁当箱に箸を伸ばす胡桃さん。

俺と同じように卵焼きを選んで口に入れて、咀嚼し、飲み込み、そして唇を尖らせた。

「ちょっと焦げてた？」

「そうかもね」

確かに少し焦げていた。味が大きく落ちているようなことはなかったけれど、それでも成功とは言えないだろう。あからさまにテンションが下がり、しゅん、と気を落とす胡桃さん。

「……でも、本当においしいよ」

俺は卵焼きを食べる。あぁ、本当においしい。

もぐもぐ食べているところを、胡桃さんはじっと見つめてくる。

何を考えているのだろうか。わからない。

もしかしたら彼女も今、俺が何を考えているのかを考えているのかもしれない。

やがて彼女は「そっか」と呟くと、うっすら笑みを浮かべて食事を再開した。

☆

本日の授業もすべて終わり、放課後。

「胡桃さん、帰りにちょっと遊んでいかない？」

「放課後に、遊ぶ？」

まるで『そんな事象が存在するのか』と言わんばかりの表情を見せる胡桃さん。悲しすぎて涙が出てきそうだ。と言っても、俺も唯一の友人である桐島くんがバリバリの運動部のため、放課後に誰かと遊ぶなんてほとんど経験したことないのだが。

「そうそう、ゲーセンとか」

「ゲーセン……」

オウムかな？

これまた初めて聞く単語のような反応を見せる胡桃さん。しかし、次第に状況が呑み込めてきたようで、その目がキラキラと輝いていく。遊園地に遊びに行くことを聞かされた子供のようである。

「どう？」

「い、行ってみたい！　……かも」

元気な返事を頂戴して二人で向かったのは学校の最寄り駅から数駅進んだ先にある、繁華街。この近辺では最も栄えた地区であり、この周辺の学生がよく遊びに来る場所。ゲームセンターがある場所なんて、ここくらいしか見当がつかなかった。

自動ドアを抜けて入店すると、じゃんじゃんばりばりとけたたましい音が耳に響く。

俺はゲームセンター一年生と思しき胡桃さんの反応をうかがってみた。

「UFOキャッチャーって、こんなに種類があるんだ」

「まったくもって同意見。やはり運命の赤い糸で繋がれているからか……」

「え、なんて？」

「だから、運命の——！」

「え、聞こえない！」

「だから——」

難聴系ライトノベルの主人公と化した胡桃さんと話しながら店内をぶらぶら。

それにしても本当にUFOキャッチャーの種類が豊富だ。

俺が知っているのは二つのアームで景品を摑む、最もメジャーなタイプぐらいだったが、それはむしろ少ない方だ。

種類と同時に景品も様々。

バケツのような箱に入ったお菓子やアニメのプライズフィギュア、原価数十円ほどと推察できる何に使うかわからない自称便利グッズまで多岐にわたる。

そう言えば胡桃さんはどういうものに興味を示すのだろう。

「胡桃さん、何かやってみたいのあった？」

「んー。あ、これこの前部屋に行った時に飾られてたアニメのフィギュアじゃない？」

UFOキャッチャーの筐体に近づき、彼女が指示したのは確かに俺の好きなアニメのフィギュアだった。他にも、このお菓子おいしそう、とか、このゲーム機本当に取れるのかな、とか。

　結局、めぼしいものは何も見つからず、自動販売機の立ち並ぶ休憩コーナーに腰を落ち着けた。胡桃さんはココアを買って口を付けつつ、薄く微笑む。

「結構色々あるね」

「そうだね。……あのさ、胡桃さん」

「なに？」

「楽しい？」

「え、う、うん。楽しいよ？」

「本当に？」

　少し詰めると、胡桃さんは視線を泳がせた後、小さく息をついた。

「……ん、まぁ、ちょっとわかんないかも。楽しみ方が。ＵＦＯキャッチャーも特に欲しいと思う物はなかったし、格闘ゲーム？　も、難しそうだし」

　そう語る胡桃さんは、ゲーセンが嫌いとか、静かな場所の方が好きとか、きっとそういうのではなく、本当にただ『わからない』だけのように見えた。

　俺は少し考えてから、立ち上がる。

「よし、それじゃあ行こう！」

「え、え？」

困惑する胡桃さんの手を引き、俺はゲーセンの中を突き進んだ。

やがてたどり着いたのはゲームセンターとは別のフロア。

そう、本日訪れていたのはゲームセンターだけでなく、ほかにも遊ぶ場所が多く揃えられた総合アミューズメント施設だったのだ。

「えっと……？」

困惑する胡桃さんが手に持っていたのはバスケットボール。

「がんばれ胡桃さん！」

「え、え？」

胡桃さんは困惑したままゴールへとボールを放る。それは見事な曲線を描きながら、スポッとネットを揺らした。おおー、と拍手していると、

「え、いきなりなに？」

「いや、わからないならわかる楽しみ方をしようかなと思って」

「……っ、そ、そっか。……ん、そっか」

そう言って、胡桃さんは俯く。

「胡桃さん？」

しかしそれも一瞬で、すぐに顔を上げると、

「それじゃあ、どっちが多く入れられるか勝負ね。前回のマリカーのリベンジマッチだから」

口元に笑みを浮かべてボールを渡してきた。

「胡桃さんと勝負か……気が進まないけど――っと、受けて立とう！」

対する俺も、笑みを浮かべつつフリースロー。ボールは弧を描きゴールリングへ。

ガコンッ、バイン、ころころ……。

足元へ転がってきたそれを胡桃さんに手渡す。

「いい勝負になりそうだね」

「……は、ハンデいる？」

そんな不名誉な提案を受けた。

☆

時計を見ると時刻は夜の七時を回っていた。

結局あれからバスケだけでなく、ビリヤードやダーツまで、目についたものを片っ端から遊んでいたら時間などあっという間に過ぎ去ってしまった。

休憩がてらに座ったベンチにてスポーツ飲料水を口に含みつつ、隣の胡桃さんの様子をうかがう。僅かに汗をかいているがそこまでバテている様子はない。

「胡桃さんって結構体力あるよね」

「まぁ、一応モデルだったからね。スタイル維持のために人並みには運動してたのよ」

「確かに、すごく綺麗だ」

「ん、ありがと。それなりに頑張ってたから……うれしい」

胡桃さんは薄く微笑むと、軽く背を伸ばして息を吐く。

「と言っても、最近はあんまり動いてなかったから、少し疲れたかも」

「マッサージでもしましょうか？」

「変態」

「ええ……」

「冗談よ。……あっ」

足を組んで大人な笑みを浮かべる胡桃さんは、ふと何かを見つけたようで声を上げる。

「どうしたの？」

つられてそちらに視線をやればゲームコーナーから少し外れた先、フロアの一角にプリクラ筐体がずらっと並んでいるのを見つけた。

「あ、あれ……」

俺の服の裾をくいくいと引き、プリクラ筐体を指さす胡桃さん。

一緒に撮らないか、とつまりはそう言いたいのだろう。

彼女の顔は真っ赤に染まっていた。可愛い。この娘俺の彼女なんですよ？

思えば、胡桃さんから何かしたいとお願いされたのは初めてな気がする。

だからだろうか、これほどまでに恥ずかしがっているのは。

だけど胡桃さんはゆっくりと一度深呼吸をして、

「い、一緒に、撮らない？」

と、最後まで告げた。

「うん、撮ろう。そして結婚式のスライドショーで流そう」

「そこまで言ってないけど⁉」

「嫌だったりする？」

「嫌――では、ない、けど……っ」

だけど、と胡桃さんはぼそぼそと口元を両手で覆いつつ続けた。

「ま、まずは、その、スマホのケースの裏とか、そういう普通な感じで……」

「……」

「な、なに？」

「いや、胡桃さんに対する愛に語彙が追い付かないだけ。とりあえず行動で示そうと思うんだけど、今夜は空いているかな？」

「プリクラを撮ろうって誘っただけなんだけど⁉」

そう言えばそうだった。

俺たちはベンチを後にして筐体の陳列された撮影ブースへと赴く。

今まで近づいたこともなかったので知らなかったが、撮影エリアは上半分が垂れ幕のようなもので隠されていて、外から中の様子は見えない仕様らしい。

胡桃さんと写真を撮るのは大歓迎であるが、写真を撮っているところを見られたくないと思っちゃうピュアボーイだから非常にありがたい。

「どれがいいんだろ……あっ、あれでいい？」

胡桃さんはずらりと並ぶ筐体の間をきょろきょろしながら進んでいき、最新機種と銘打たれた筐体を発見。俺は首肯を返し——事件は起きた。

「あっ、んもう、声外に漏れちゃうよぅ」

すぐそばの筐体から聞こえてきた妙に艶めかしい女性の声。一体全体どうしたんだと胡桃さんとそちらをうかがうと、垂れ幕の下からは男女の足が覗いており——ふぁさっ、と不意にスカートが舞い下りてきた。

それを見て中で何が行われているかわからない者は居ないだろう。

「「……っ」」

妙に生々しい瞬間を見てしまい、二人して慌てて目的だった筐体の中に隠れる。

何故だろう、俺たちは何も悪いことをしていないし、むしろ悪いことをしているのは向こうのはずなのに、見てはいけないところを見てしまってちょっと罪悪感。

「ちょ、ちょっと？」

ふと胡桃さんから声を掛けられ、俺は自身の現状に気が付いた。

俺の目の前には撮影スペースの壁に背を預け、こちらを見上げてくる胡桃さんの姿。

所謂壁ドンというやつである。綺麗な顔がいつにも増して至近距離。

上目遣いの視線と目が合うと、彼女は一気に顔を真っ赤にして俺との間に腕を差し込んだ。

「ご、ごめん、慌ててつい」

「べ、別にいいけど……」

慌てて離れると、訪れる沈黙。

このままではいけない。何とかウィットにとんだトークで気まずい空気を払拭させねば。

「それにしてもびっくりしたよ」

「そ、そうね」

「まさかあんなところでとは……俺はやっぱり高級ホテルのスイートルームとか」

「なんでそこを掘り下げてるの!?　って言うかなんの話!?」

「初体験はどこかな、という話？」

「……っ」

言うと、胡桃さんは顔を真っ赤にしてそっぽを向く。

「あっ、いや、ごめん！　確かにもう付き合ってるし、生々しい話題だった！　不快にさせたんだったらごめん！」

「ちがっ、あの……えっと、その……」

「大丈夫、俺、そういうのは胡桃さんの心の準備ができるまで待ってるから！」

「うぐぅっ……っ！」

なぜかダメージを受けている様子の胡桃さん。本当にどうしたんだろう。

疑問符を浮かべていると、彼女はガシッと俺の肩を摑んで一言。

「と、とにかくプリクラ撮らない？」

「う、うん？」

そんな感じで、どういうわけか瀕死の胡桃さんとプリクラを撮影し、俺たちは総合アミューズメント施設を後にした。

☆

外に出るとかなり冷え込んでいた。

おそらく今日も最低気温を更新したに違いない。

「胡桃さん大丈夫？」

「私は別に……あんたこそ大丈夫なの？　結構動いて汗かいてたけど」

「まぁ、プリクラ撮ってる間に引いたから大丈夫だよ」

「うぐっ、そ、そう。それはよかった」

何故かまたダメージを受ける胡桃さんを横目に駅に向かう。周囲には同じように遊びの帰りであろう高校生の姿がちらほら。ふと、香ばしい匂いが鼻腔をくすぐった。

辺りを見渡すと、駅前に屋台のたい焼き屋を発見。仕事帰りのサラリーマンや子供連れの主婦が周囲に集まっている。ゆらゆらと宙空へ昇る湯気のなんと温かそうなことか。

「すいません、たい焼き二つ」

「ほいよ」

一つ百二十円、二つで二百四十円。店主にお金を支払うと、あつあつのたい焼きが手渡される。紙が巻かれていてもしっかり熱を感じるほどだ。

「はい、胡桃さん」

「ありがと。いくら？」

「別にいいよ」

「だめ、こういうのはちゃんとしとかないと」

「俺が胡桃さんに奢りたいんだ。だから受け取ってほしいな。愛の証として」

「百二十円の愛の証？」

「不足？」

「……んーん、充分以上」

胡桃さんはもう一度ありがと、と言ってから、いただきますと口にする。

「そう言えばたい焼きって頭から食べる派と尻尾から食べる派があるよね」

「そうなんだ」

と言って、胡桃さんは頭からたい焼きに齧り付いた。中から湯気が昇り、熱かったのかはふはふと冷ましていた。なんだか胡桃さんらしくなくて、苦笑してしまった。

「胡桃さんは頭から食べる派か」

「そう言うあんたはなに派なの？」

「俺も頭から食べる派」

証明するように頭に齧り付く。おぉ、あったかくてうま——って熱っ！

胡桃さんの焼き直しのように口の中を冷ます。

「ちなみに、どっちから食べるかで何か変わったりするの？」

「ん？　いや別に？　ただ一緒だと嬉しいねってだけ」

「……っ、ほ、ほんとあんたは、馬鹿なんだから」

ぼそりと呟いてから、胡桃さんはたい焼きをパクリ。

「……おいし」

たい焼きを食べ終えた俺たちはそれぞれの帰路へと向かう。

と言っても乗る電車の方向は同じだ。

胡桃さんが二駅で、俺は四駅先。俺はそこからさらに乗り換えることになる。

ホームで電車を待つ。ちょうど帰宅ラッシュなのか人でごった返していた。

「胡桃さん、はぐれるといけないから手でも繋ぐ？」

下心満載でそう提案させていただくと、胡桃さんはちらりとこちらをうかがってから、躊躇うことなく手を握ってきた。

「ひょっ」

「なんで誘ったあんたがびっくりしてるのよ」

「い、いや、いつも通り断られるかと思って」

彼女の細い指はすべすべで、かなりひんやりとしている。

冷え性なのだろうか。じんわりと熱を交換する感覚が心をむず痒くさせた。

「どうして？　私だってあんたのことが好きなのよ？」

「……っ」

さらりと言ってのけた胡桃さん。彼女はそのまま流し目で見つめてくる。

一見、何でもないような涼し気な表情であるが、その実かなり恥ずかしいのか耳まで真っ赤だ。しかしそれは俺も同様で、さっきから顔に熱が昇るのを感じる。

背中にはじんわりと変な汗が流れている。

「顔真っ赤」

にまっ、と笑みを浮かべて胡桃さんは肘で突っついてきた。

うりうり、って感じ。非情に愛らしくて困っちゃう。

鼓動が速くなりすぎてどうにかなってしまいそうだ。

「く、胡桃さんだって顔真っ赤だよ？」

「う、うるさいわね！　離すわよ!?」

「ダメだ！　一生離さない！」

「一々オーバーなのよ、まったく。……わ、私の最寄り駅に着くまでだからね」

「なんなら駅までと言わず市役所まで行こう。手を繋いで婚姻届をもらいに行こう」

「……やっぱり離してもいい？」

「どうして!?」

何故だ、どう考えてもプロポーズの言葉だと思ったのに。

「ふふっ、嫌なら駅までね」

「はい……」

なんだかうまく御されている気がするが——からからと楽しそうに笑う胡桃さんを見ていたら、それでもまぁいいかと思った。

2

胡桃さんを取り巻く環境が大きく変化した、ということはない。

これまで見られていた虐めこそなくなったが、相変わらず彼女に近づく人間は俺ぐらいなもので、未だに孤立は続いている。周囲からの不躾な視線も、歪に淀んだ空気も、薄くなったが消えてはいない。

放課後デートを楽しんだ翌日の火曜日。

本日も変わらず学校である。

地元の駅から電車に乗り込む。満員電車。座ることはできない。扉の横に陣取る。

周囲に居るのは変わり映えのしない乗客。スマホをいじる女子高生、目の下に隈を携えたサラリーマン、音楽を聴く大学生。

しばらくすると、駅に到着し胡桃さんが乗り込んでくる。彼女は俺を見つけるとすぐ横に並んだ。今日も可愛い。じっと見ていると、胡桃さんは小首をかしげた後、スマホを取り出してインカメラを起動する。画面を見ながらちょいちょいと前髪を整え、

「どう？」

「可愛いよ」

答えると、スマホをポケットに戻して窓の外へと視線を向ける。

もうすぐ学校。――変わらない、平穏な学校だ。

教室へと到着し、カバンを置くために自分の席へと向かい、通り掛けに一人の少女をちらりと見やった。

「……」

「……」

俺は、ここ数日視界の隅に映る一人の女子生徒が強く気になっていた。

それは俺が胡桃さんを連れて授業をエスケープした一件以降、教室の中で立場がもっとも変化した人物。今も自分の席で、一人スマホをいじる金髪の少女。

そんな、誰からも視線を向けられない少女、小倉調のことが、俺は気になって仕方がなかった。

☆

――小倉調。

胡桃さんが自殺未遂にまで至った一連の虐め事件における元凶と言える少女。

一年生の時に、小倉が胡桃さんを誹謗中傷したことにより胡桃さんは孤立し、虐められるに至った。

つまるところ、俺の怨敵であり、外敵であり、世界で一番嫌いな人間である。

……が、しかし、俺はそんな彼女のことが気になっていた。もちろん恋愛感情とか友愛とか、そういう浮ついた意味合いではない。

俺が気になっているのは、彼女の現状である。

教室の隅、窓際の自席にてぽつんとしている小倉。

その周囲に以前までのような取り巻きはいない。

彼女たちは小倉から離れた教室の後方で談笑していた。

しかも、ちらり、ちらりと彼女へ視線を向けてはクスクス、ひそひそと嘲笑している始末。

明らかに以前とは別のベクトルで淀んだ空気が支配する教室内。

ある意味では変わっていないと言って差し支えない現状に胸の奥がもやもやする。

「というわけで桐島くんに聞きたいことがあるのですが」

「どういうわけだどういう」

ホームルームが始まるまでの時間。俺は桐島くんを渡り廊下に呼び出した。

クラス内のことが気になりつつも、胡桃さんのこと以外に関しては門外漢なものだからどうしようもない。俺もクラスの一員のはずなんだけどなぁ。

そこで俺はクラス内部専門家と言っても差し支えないだろう桐島くんを招集したのだ。

ホームルームまであと十分だというにもかかわらず、嫌な顔一つ見せずに応じてくれた彼には感謝である。

「まぁ、とにかく。少し尋ねたいことがあったりするんだけど」

「尋ねたいこと？　あー、初めての彼女について？」

「何で知ってるの⁉」

「いやいや、古賀の態度が明らかに違ってただろ。正直付き合うまで秒読みだとは思ってたが、付き合い始めたら始めたであからさまなんだよなぁ、お前ら」

——その方が見ていて微笑ましいけど。

桐島くんはそう言って、にっと笑う。相も変わらずイケメンだ。本当にどうして俺の友達なんかをしてくれているのかが皆目見当も付かない。が、しかし今回はそのことではない。

「彼女についてはまた今度聞くとして、今回は別件」

「ほう、ヤバ宮くんが古賀以外のことに興味を抱くとは……で、どしたん？」

なんと切り出したものか。

いや、桐島くん相手に今更言葉取り繕う必要もないか。単刀直入に聞いてみよう。

「小倉がああなったのって俺のせい？」

「いや、あいつ自身のせいだろ」

即答された。桐島くんは言葉を続ける。

「確かにお前が小倉を――あー、驚かせた結果、あいつはクラスにおける立ち位置を失った。だけど、それを踏まえた上でもお前に責任はないと思うぜ、俺はな」

「そっか」

「まぁ、あからさまに手のひらを返す教室の空気には吐き気がするけどな。俺が言えた義理でもねぇが」

「そんなことはないよ」

吐き捨てるように呟く彼は、渡り廊下の手すりに肘を乗せて下を見やる。

そこから見えるのは続々と登校してくる生徒たち。みんながみんな笑顔で、何も変わらない日常を享受している。別におかしなことではないし、むしろ彼ら彼女らには何ら一切関係のないことなのだから、当然の対応と言えるだろう。

けれど、何故か無性に腹が立つ今日この頃である。

☆

ホームルームも終わり一限の授業が始まる。

一限は現代文。つまるところ担任の物部先生の授業であり待ちに待った席替えである。俺はいったいどれほどこの時を渇望していたかっ！

「よーし、んじゃ十一月にもなったし席替えすっかぁ」

気だるげな彼の声に悲鳴と歓声が響く。

悲鳴は主に教室後方に座っている生徒のもの。

歓声はその反対の、最前列付近の生徒のものである。

ちなみに俺は胡桃さんの近くならどこでも構わないタイプ。お隣になったら教科書を忘れて見せてもらうなんていうイチャイチャもできる。

授業中でもイチャイチャできるなんてなにそれ天国？　絶対一緒になろうね、なんて意味合いを込めて胡桃さんを見ると、視線が合った。やっほーって感じで手を振ると、ふいっ、と顔を逸らされた。何故だ。

「それじゃあ左端からくじを……くじを……ん？」

物部先生はしばらく周囲をきょろきょろしてから「くじを忘れたから、ちょっと待っててくれ」と言い残して教室を出て行ってしまった。

意図せず生まれた自由時間。

席替えという話題もあり、教室内が喧騒に包まれ始める。

各々歩き出す者も出てきたので、俺も立ち上がって胡桃さんの下へ。

「なんでさっきは振り返してくれなかったの？」

「なっ、だ、だってそんなの、ば、バカップルって思われるし」

「事実じゃん」

「ち、違うから！　ちゃんと節度は守って——っ、ん、んんっ！　ＴＰＯは守らないと」

俺は人目をあまり気にしないが、胡桃さんは結構その辺敏感だ。

まぁ嫌がることはしたくないので、わきまえろと言われればわきまえる。

「確かに胡桃さんの可愛いところは独り占めしたいしね！」

言うと胡桃さんは僅かに頬を紅潮させて、大きく息をつき、蚊の鳴くような声で、

「……ばか」

「何故に罵倒」

「だ、だって……」

胡桃さんは言葉を区切り、上目遣いに俺を睨んでから囁いた。

「そんなことしなくても、あ、あんたにしか見せないわよ」

「よし、だったらベッドの上でさらに可愛いところを見せ——」

「だからＴＰＯ！」

そんな感じで先生が戻ってくるまでいちゃいちゃして待つ。それにしても遅いな。

クラスの喧騒はさらに増していく中、ちらりと小倉に視線をやる。

「……」

みんなが騒いでいる中で、彼女は浮いていた。

朝同様、彼女の取り巻きだった女子生徒たちは素知らぬ顔で談笑しており、関係のなかった人たちは対岸の火事以上に無関心。触れない方がいい。気にしない方がいい。あれは自業自得だ。そんな空気——小倉を排斥する空気が、教室を包み込んでいた。

そして一人の男子生徒が言葉を漏らす。

そいつは剽軽者で、ノリがよく、悪ノリが過ぎる男子で——。

「俺、小倉の隣の席になったら虐められちゃうよ～」

そんな言葉が、いやに教室に響いた。

大きな声ではない。教室は喧騒に包まれている。

なのに、なぜかその言葉がいやに響いて——

「——ふっ」誰かの笑いを皮切りに、くすくすひそひそ。

やがてそれは明確な言語となって、教室の空気を表面化させる。

「あれは自業自得だよね」「確かに、てか普通に最低だし」

「高校生にもなって虐めとかさ、あり得ないよね」「ほんとそれ、何考えてるんだろ」

「何も考えてないんじゃない？」「確かに、脳みそ空っぽそうだし」

どこからか聞こえてくる女子の会話。

俺は納得すると同時に、胸中に湧き上がる苛立ちに気付いた。

「……」

「どうしたの？」

無言でいるのを不思議に思ったのか胡桃さんが尋ねてくる。

「……何でもないよ」

首を横に振りつつ内心の苛立ちについて考えてみた。

何故俺は小倉の現状に対してこうも苛立っているのだろうか、と。

俺は小倉のことが嫌いで、大嫌いで、転校しろと思うし、何なら殺意すら抱いたこともある。

そんな彼女が陥っている現状は、俺からすれば『ざまぁみろ』って感じ。なのに俺は苛立っている。小倉に――ではなく、小倉を排斥する彼らに。

もしかして俺は、彼女を憐れんでいるのか？

そんなことを考えていると、

「お前は隣になりたいんじゃねーの？」「は？　地雷にもほどがあるだろ」

「お前好きとか言ってたじゃん」「いや、ないって。冗談きつすぎ」

さっきまでまばらだった小倉に対する会話が、いたるところから聞こえてくる。

みんな直接彼女に言うようなことはないが、ひそひそと遠巻きに小倉へと視線を向けている。

それは哀れみだったり蔑みだったり、嘲笑だったり。

それはまるで、晒し上げているようだ。

否、まさにその通りなのだろう。

個々人が実際内心でどう思っているのかは知らないし、興味もない。ただ、みんなの視線の中心点に居る小倉からすれば、針の筵だろうことは容易に想像できる。

もちろん、みんながみんなそうではないだろう。

実際のところは小倉に対して悪感情を向けていない人も居るかもしれない。

でも、違うのだ。そういう話ではない。

教室の空気が、小倉という少女に対して悪感情を抱いている。

それは、胡桃さんが教室に居場所をなくした時と同じだ。

……ああ、だから俺は苛ついていたんだ。

今の彼ら彼女らを見ていると、空気に流されて胡桃さんを助けることを躊躇していた、かつての自分を思い出すから。あの時の、愚かな自分を思い出すから。

要は、

関係ない奴が口出ししてるんじゃねーよ

と、そういうことだ。

理解した瞬間、俺は立ち上がる。

以前、小倉に対してしたように、湧き上がる感情をすべて口にしようとして、

「やめなよ、そういうの！」

それより早く、凛とした声が響いた。

大きな声で教室の空気——読む方の空気を切り裂いたのは、長い黒髪を揺らす少女。

教室は水を打ったように静まり返る。

クラスメイトたちは唖然と、あるいは茫然と、誰もが声の主である少女——俺の隣で毅然と立ち上がった胡桃さんに視線を向けていた。

誰も動けない。誰も喋れない。

彼女が醸し出す凛然とした空気が、一瞬にして教室を支配し、それまでの歪んだ空気をすべて押し払う。隣の教室の声が聞こえる。グラウンドから体育の掛け声が聞こえる。

しかし、教室内の誰の声も聞こえない。

胡桃さんの姿に圧倒されたのか、驚いたのかは知らない。

ただ、俺は見惚れていた。身体の中を一気に熱が駆け抜けていた。

だけど、それもほんの数秒である。静寂の中で最初に動いたのは小倉だった。

彼女は立ち上がるや否や、顔を伏せたまま教室を飛び出す。

突然の行動に胡桃さんも反応できていない。……いや、違う。

胡桃さんはジッと俺を見ていた。

それだけでどうして欲しいかわかる。バカップルだからな。

視線だけで通じ合うとか朝飯前よ。もうとっくに食べたけど。

俺は気を引き締めて立ち上がると、小倉を追って教室を後にした。

☆

私、古賀胡桃はこの空気を知っていた。

誰か一人を晒し上げるようなこの悪辣な空気。嫌というほど体験した。

それは私に関する悪意を持った噂が学校中に流布された時や、教室に居場所がなく遠くから腫物を扱うかのような対応を取られていた時など。

まるでそれが当たり前と言いたげな空気が、私に襲い掛かってきた。

一人の力ではどうしようもない程に大きく、絶望的なまでの分厚い壁の如き空気。

それは当人にしか感じられないもので、今の状況で言うなら小倉さんしか、この空気の圧を感じられない。だから感じられない周囲は止めることをしない。けれど当人の精神的苦痛は大きくて、辛くて……私は、それを知っている。

確かに彼女の場合は自業自得かもしれない。こうして断罪されるのも当然なのかもしれない。

でも、これはそれだけで済ませていい問題でもない。

何故なら今の状況は『悪い人を断罪する』や『これは本人の自業自得』という免罪符を用いて、私にやっていたことと同じことを、小倉さんに行っているだけだから。

小倉さんに視線をやると、彼女は顔を伏せてピクリとも動いていなかった。

その姿を見て、思わず唇を噛み締める。

あれは聞いていないふりをしているだけだ。自分の表情を周りに知られたくないから、というわけではない。周りの嘲笑が自分に向けられたものだと自分自身が認識したくないから、聞いていないふりをするのだ。

私も、同じことをした。

でもそんなのは何の意味もなくて、逃げ出したい思いをぐっと堪えているだけ。

『いつか終わる』『いつか』『すぐに』『こんなこと長続きなんかしない』『きっと普通になる』

そう考えて、何でもない普通の未来を妄想しながら、じっと堪える。

だけど嘲笑は終わらない。そういう空気が教室には流れていて、人々は無意識にそれに乗ってしまうから。

そうして気が付いた時には心がすり減って、すり切れて――行きつく先は、私も見たことのある光景だ。だから、どうにかしなきゃいけないのだ。絶対に。

これは放置しておいてはいけない問題で、見過ごしても目を逸らしてもいけないことで――

だから誰かが、彼女を助けないといけない。

視線が向かったのは、隣に座る少年。

――彼なら、助けてくれるかも。

そう思った瞬間、私の胸中を埋め尽くしたのは強大な自己嫌悪だった。

(…………なに、それ)

違う。そんなのは間違っている。

確かに、彼なら助けてくれるかもしれない。今、私の目に映る彼は、誰が見てもわかるほどに苦々し気な表情でクラスの人たちを睨みつけているし、私が言うまでもなくいずれ声を上げるだろう。

……だけど、それを待っているなんて、違うでしょ?

誰かが立ち上がるのを待っているなんておかしい。

目の前の少女はすぐにでも救いを求めていて、私はその方法を知っている。だというのに誰かに頼って傍観者で居続けようなんて、……一瞬でもそんなことを考えた自分に吐き気がする。

誰か、じゃない。

私は一度深く瞑目し、開いて再度教室を――蔓延する見えない『空気』――を睨みつける。

すると身体は私の思うがままに動き出した。

ガタッという音を立てて立ち上がると、教室中から視線が突き刺さる。だけどそんなものは

気にもならなかった。喉が震えることも、心が怯えるようなこともない。

そして、私の口は自分でも驚くほどにすらすらと言葉を紡ぐ。

「やめなよ！　そういうの！」

そもそも躊躇することなんてなかったのだ。

だってこれは、誰かが言わなければいけないことを私が言うだけなのだから。

☆

廊下に出ると、階段の方へと走り去る小倉の後ろ姿が見えた。

どこへ向かうのかはわからないが、放っておくわけにはいかない。

状況が状況なだけに、何があってもおかしくないからだ。

そう、例えば——以前の胡桃さんのような、何かが。

嫌な予感が脳裏をよぎったが、頭を振って振り払う。

俺は急いで彼女の後ろ姿を追いかけた。

駆け足気味に階段へ向かうと、二つの足音が聞こえる。

上へと離れていく音と、下から近づいてくる音。

離れていく前者は小倉で間違いないだろうが、俺は後者の足音を耳にして、先にそちらへと顔を向けた。すると昇ってきたのは俺の予想通りの人物。

「ん？　どうしたんだ？」

席替えのくじが入っているであろうティッシュ箱を片手に疑問符を浮かべる物部先生がそこには居た。

「今ちょっと胡桃さんが頑張ってるので、教室に入る前に様子を見てくれると助かります」

「がんばる？　え？　何が――」

「それじゃあ俺は急ぐので」

「はぁ!?　お、おい！」

申し訳ないと思いつつ物部先生に背を向けて俺は上階へと向かった。

階段を一歩、二歩と昇っていると、数週間前のことがフラッシュバックする。

胡桃さんの様子を訝しんで彼女の後を追い、屋上へと足を運んだ、あの日の出来事を。

ぎりっ、と思わず奥歯を噛んだ。

なんでこうも嫌な方向に事態が進むのだろう。俺は、ただ、胡桃さんが幸せに……いや、みんなが幸せに、あの淀んだ『空気』のない生活を送りたいだけなのに。

階段を昇り、三階を抜けて四階へ。

四階と言っても教室などはない。

ただ自動販売機と屋上へと続くドアがあるのみだ。

ドアノブを握り、回す。果たして——小倉の姿は屋上にあった。

胡桃さんと違う点は、彼女の身体が安全柵の内側に存在したということ。

小倉は両肘を柵に預けた体勢で外を眺めるように、しかし茫然とした様子で風に髪をなびかせていた。状況は悪いが、最悪ではないことにひとまず胸をなでおろす。

俺は屋上へと足を踏み入れようとして——

「何よ、あれ……っ」

小さな囁きが耳に届いた。

あれ、とははたして何を指しての言葉だろうか。

小倉の自業自得と、教室に充満する空気から表面化した、彼女に対する棘のことだろうか。

それとも、そんな彼女を救おうと立ち上がった胡桃さんの行動のことだろうか。

わからない。俺は小倉のことを知らないから、何もわからない。

「なんで、どうして、——私は今まであんなこと……っ」

小倉は呟くと、背中を丸めて両肩をふるふると震わせる。

場所が場所なだけに、感情が高まってます、みたいな仕草はやめてほしい。はずみで柵を乗り越えられた時には本格的にどうにかなりそうだ。

そろそろ声をかけるか、と屋上に足を踏み入れた、その時だった。

「なのに、あんなの……、かっこよすぎるよぉ……っ」

そんな言葉が耳朶を打った。ついでに衝撃も頭を打った。

……はて、いったいどういう意味だろうか。

音としては認識できたのに、言葉として理解できない。

いや、嘘だ。理解している。ちょっと待って？

「お、小倉？」

できるだけ毅然として小倉に話しかけたかったが、そんな思いも霧散してしまう。

動揺をありありと乗せてしまったお言葉は、なんとも情けない震えた音波。

しかしどうやら小倉には届いたらしく、彼女はびくっと肩を揺らして振り返った。

その顔は……嗚呼、なんということだろう。

真っ赤に染まっている上に、目元には涙のオマケ付きだ。

彼女は驚いた表情を歪めて、視線をあちらこちらへと彷徨わせながら口を開いた。

「……っ、き、聞いた？」

「俺へのライバル宣言ならしっかりと聞き届けたが……しかし、小倉は胡桃さんが嫌いだったんじゃないのか？」

誤魔化したところで何の意味もないので、正直に答えつつこちらからも質問。

すると小倉は苦虫を噛み潰したような表情で目をきゅっと瞑り数秒。

大きく息を吸い込み、吐き出した。

「それは……そう、だったけど、でもっ、し、仕方ないじゃんっ！　だって、あんな、あんな風に庇われたら……っ！」

そう語る小倉からは胡桃さんへの悪感情は一切感じられなかった。

「ならどうして教室から飛び出したんだ？」

てっきりいたたまれなくなって飛び出したものと考えていた。

かつて胡桃さんを虐めており、それを俺に咎められた結果クラスメイトからハブられ、そこを胡桃さんに助けられる。小倉目線で考えれば、それは屈辱以外の何物でもないだろう。

故に小倉は教室を飛び出したのだと、俺は考えていた。

小倉は自らの顔を隠すように手のひらで覆い、そのまま前髪をくしゃりと握る。

「……こんな顔、誰にも見られたくなかったし」

本当に小倉なのだろうか。

そう思ってしまうほどには別人に感じた。

「あ、ああ、そうか」

想定外の出来事の連鎖に、俺の思考はオーバーヒートしていた。

結構シリアスな雰囲気になるな、などと考えていたのが嘘のようだ。

しかし、そうか。意外……ではないか。よく考えれば、むしろ当然としか思えない。

俺も虐めに似た何かを受けていたところを胡桃さんに助けられて、以降彼女にゾッコンなのだから。今回はそれが小倉だったというだけの話なのだろう。

「……私、古賀に謝りたい。都合がいいって思うかもしれないけど」

「いや、それがいい」

「それで、その……友達とかになりたい」

「それはいい案だ」

「…………え？」

「どうした？」

「怒らないの？」

「なぜ？」

聞き返すと、小倉は顔を伏せる。

「だって……、だって、そんなの……都合がよすぎるから……」

確かに、都合がいい話だ。今までさんざん虐めておいて、今度は自分が虐められ、そこを助けられた。だから謝って友達になりたい。

嗚呼、そんなもの俺が胡桃さんの立場だったら何をふざけたことを、と怒鳴り散らかすかもしれない。と言うより、大半の人間がきっとそういう反応をするだろう。

でも、小倉がしようとしていることは正しいことで、そこから先の判断は胡桃さんがすることで。

だからこそ、中途半端な立場にいる俺から言えることは一つしかない。

「都合なんてな、いいぐらいがちょうどいいんだ。ご都合主義って言葉を知っているか？　つまりはそういうことだ。不都合に合わせる必要なんかない」

そんな都合よくいくか、なんて言葉は世界にありふれている。

誰もが都合のいい人間を心のどこかで忌避している。

でも俺は思うのだ。

都合のいい結果に終わるなら、それが一番ではないか、と。

それもこれも、中途半端な立場の俺だから言えることなのかもしれないが。

小倉は目を見開いて俺を見ていた。

それから数度瞬きをして、息を吐く。

「……そっか」

「そうだ」

そういうものだ。

「……じゃ、じゃあ、友達以上、とかは？」

その言葉に、一瞬固まってしまう。

彼女の語る『友達以上』というのは、親友という意味なのか、それとも俺のライバルとなるという意味なのか。

いや、両手の指を突き合わせながらぼそぼそと語る小倉の表情を見れば、迷う余地はないが。別にそれも都合のいい方に動いて、みんな丸く収まるのならそれが一番である。しかし、

「……」

「……えっと」

「それは、あれだな。なんと言うか、あれだ。兎にも角にも、まずは友達になってから考える、というのでいいんじゃないか？」

俺はどうするべきか逡巡し、濁すことを選択した。

内心ひやひやである。というのには、いろいろと訳があった。

俺は胡桃さんのことが好きだ。世界で一番愛しているし、当然将来も結婚する気満々だ。

そして、胡桃さんもそれなりに俺のことを好きでいてくれている。

問題はそのことではない。

俺は知っている。胡桃さんのことを世界で一番愛しているから知っている。

胡桃さんが、女の子もいけちゃう女の子であるということを。

そして極度のお人好しであり、ぐいぐい来られると根負けしちゃうということも。

故に、小倉はまずい。下手な男子よりもまずい。何せ小倉は美少女だから。

ちらりと、眼前の金髪をうかがう。手入れの行き届いている綺麗な金髪に女子の平均を優に超える豊満なバスト、そして何より少しキツめではあるが整った顔立ち。

彼女たち二人の確執を考えれば万に一つもないと思うが、この先和解して交流を深めていったならば億に一つくらいはありそうで困っちゃう。

小倉は俺の言葉を受けて若干顔に影を落としつつも、苦笑を浮かべた。

「……そっか。そうね」

「あ、ああ、そうだ」

納得の様相を見せる小倉を見て、安堵の息をついて近づく。

「とにかく教室に戻るぞ」

「……で、でも」

「大丈夫だ。胡桃さんが立ち上がったからな」

「！　……ん、うんっ」

何はともあれ、これで最悪のケースは回避できただろう。

小倉も柵から離れて俺の方へと近づいてきて——がくっ、と身体がぶれた。

驚いた表情をしていることから、単純に躓いたのだろう。

特に距離も空いていなかったので、咄嗟に手を伸ばして肩を支える。

小倉自身も、そこまで大きく重心が動かなかったのか、すぐに立ち直った。

「あ、ありがとう」

「いや、別にいい」

小倉を放そうとして、不意に背後からドアの開く音が聞こえた。

俺と小倉が視線を向けると、そこにはここに居る両者の想い人――胡桃さんの姿が。

「あっ、胡桃さ――」

様子を見に来てくれたのだろうか。天使かな？　大天使クルミエルかな？

なんて思っていると、

「う、浮気現場っ⁉」

「え？」

突然のことに俺は困惑の声を上げるしかなかった。

ポカンとしていると胡桃さんはずんずんと近づいてきて俺たちを引き剝がす。

かと思えば、俺の左腕にコアラの如くしがみついてきた。何これかわいい。

ぷっくりほっぺがその怒りの度合いを明らかにしている。かわいい。

でも確かに転んだ瞬間を見ていなければ勘違いしても仕方がないだろう。かわいい。

……いかん、胡桃さんのあまりの可愛さに俺の言語中枢に異常が発生してしまっている。

エマージェンシーエマージェンシー。

この感情の高ぶりを収める方法を知っているお医者様はいらっしゃいませんか。

「えい」

ぷくっとしていたほっぺを突いてみる。

「……!?」

びっくりした表情を浮かべたか思うと、次の瞬間には俺をキッと睨む胡桃さん。

そんな視線も非常に愛らしい。本当に罪な美少女である。

是非とも一生涯俺の隣にいて欲しいと思います！

「浮気じゃないよ」

「だ、抱き合ってたように見えたけど？」

「転びそうになったところを支えただけ。誤解させてごめんね」

　変にこじれる前に謝罪しておく。

　浮気はしてるしてないに関わらず、疑われるような行動をとったことを謝った方がいい、とアニメのチャラ男キャラが口にしていたのを思い出す。俺はチャラくないし浮気もしてないが。

「……ほんとに？」

「嘘だと思う？」

「……思いたくない、けど」

「俺が好きなのは、未来永劫胡桃さんだけだよ」

「～～～っ！」

「あ、照れた。可愛いなぁ、もう！　小倉もそう思わない？」

「なっ、ばっ、何言って――」

「思う」

「何言ってるの⁉」

淡々と首肯する小倉に、驚きを隠せない様子の胡桃さん。

しかし次の瞬間にはハッとして、俺の身体を盾にするようにその身を後ろへと隠してしまった。彼女はそのまま少しだけ顔を出して小倉を覗き見る。

「……クラスのみんなには、注意したから」

急な話題転換に多少面食らうが、元々それを言いに来たのだろうことは容易に想像できた。

俺は余計な口を挟まずに、視線を胡桃さんから小倉へ。

小倉はなんと言っていいのか、どう返していいのかわからないといった様子で視線を彷徨わせ、俯き、もじもじと所在なさげに指を絡めて、

「あ、ありがとう」

と、そう呟いた。

「……別に。そう言われたくてしたわけじゃないし……と言うか、勘違いしないで。私は小倉さんのこと、許してないから」

対する胡桃さんの言葉は冷ややかなものである。

「……っ」

「虐められて、水もかけられて、……許せない」

それは、本音だろう。むしろ当たり前だ。

いくら小倉が胡桃さんと仲直りしたいと思っていようとも、それは容易なことではない。両者の関係は加害者と被害者であり、その善悪はどうしようもなく明瞭なものなのだから。

ここは第三者として何かしら口を挟むべきなのだろうか。

僅かに思考して――しかし、胡桃さんの表情を見て口を噤んだ。

「――でも、同情できるのは、私だけだから」

「え？」

「今の小倉さんの状況もわかるから……だから助けた。ただそれだけ。……私はあの思いが本当に嫌だった。味方が居なくて、すべてが敵でっ、誰も手を差し伸べてくれなくて……すごく辛くて、苦しくて、悲しくて……だ、だから、そんな思いを、ほかの誰にも、し、してほしくなくて……っ」

最初はつらつらと、努めて無感情に淡々と事実だけを語ろうとする胡桃さんだったが、だんだんと言葉が震え始める。

「胡桃さん」

彼女は、目に涙を浮かべていた。

何故なのかはわからない。感情が高ぶって無意識なのか、どうなのか。

俺は胡桃さんのことを愛していて、胡桃さんのことは何でも知っているけれど、しかし彼女の気持ちはわからない。そして、こればっかりはわかってはいけない。

安易に理解することは、彼女に対する冒瀆だから。

「だから、私は助けた。わ、私は……私のために、小倉さんを助けただけだから。だ、だから……許してもらえたとか、そういう勘違いはしないでっ！」

胡桃さんは、スンっと洟をすすりつつ、目元を袖口で拭った。

それはなんと言えばいいのか……いかにも胡桃さんらしい答えだった。

「……うん、わかってる、から。許してもらえてるとか、思ってない……。言い訳なんか、しない。私のやってきたことは最低で、わ、私は、馬鹿だから、自分がそういう状況にならないと、全然理解もできてなくて……っ、だ、だけどっ、これだけは言わせて……ください」

対する小倉の声色も、震えていた。

手も震えて、足も震えて、端から見ても感情がごちゃ混ぜになった状態。

だけど、彼女は喉の震えを抑えるように一度大きく息を吸って――。

「今まで、嫌がらせをして――本当にごめんなさい」

胡桃さんに対して頭を下げた。

屋上に静寂が落ちる。聞こえるのは両者のすすり泣く声だけ。いや、耳をすませば下で授業をしている教師の声、体育の掛け声、学校の前を走る車の音。ありふれた音が聞こえてくる。

――そんな、日常の中の非日常。

眼前で頭を垂れる少女は肩を震わせ、その緊張の度合いは目を見るよりも明らかだ。

胡桃さんは小倉を数秒見つめると、一歩二歩と近づいて――。

3

謝罪で物事が解決するなんてことは、大人になるにつれて少なくなる。

『ごめんなさいで済むなら警察はいらない』なんて言葉が、それをよく表しているだろう。

大人になれば、大抵の場合はそれに応じた責任を取る必要があるものだ。こと俺たちのような高校生においては、ある時は子供、ある時は大人なんて括られてひどく面倒な立ち位置だったりするが、今回の一件に関しては、大人として振舞うのが正解だろう。

「ごめ、ごめん……なさいぃ」

「……ん、もう、泣きやんで？」

「ううっ、だ、だって、だってぇ……っ」

しかし『ごめんなさい』の一言で、完全にとまではいかずともある程度許容できてしまうのが古賀胡桃という少女なわけで。

――俺には無理だろうな。

そんなことを思いながら、俺は自動販売機に小銭を入れた。

場所は移って屋上から校舎の中。四階に並んでいる自動販売機にて缶珈琲一つとココアを二つ購入してから、二人の方へと戻る。

彼女たちは四階と三階を繋ぐ階段に腰掛けており、未だに謝罪を繰り返す小倉の頭を胡桃さんが撫でている状況だ。正直羨ましすぎる。俺も撫でられたい。

百合の間に挟まる男は許容できない系男子の俺であるが、それが好きな人となれば話は別である。

「胡桃さん、俺の頭も撫でてくれ」

「……なんで？」

「羨ましいから」

素直に言うと、胡桃さんはため息をつく。

「今、ふざける場面じゃないと思うけど？」

あら、手厳しい。しかし胡桃さんの言うことも一理どころか百理ぐらいあるのでしぶしぶ引き下がると、小倉が胡桃さんの腕を掴んだ。

「ごめん、ごめんね……、胡桃ちゃん」

「うん、わかったから。ね？」

泣きながら謝罪を繰り返す小倉に、聖母の如く慈愛を見せる胡桃さん。

何度でも惚れ直してしまう……けど、ちょっと待って？

「……胡桃ちゃん？」

「……」

違和感を抱いたのは俺だけのようで、胡桃さんは俺の言葉に可愛らしく小首をかしげるのみ。

スッと目を細めて小倉を睥睨するも彼女はこちらを向かず、胡桃さんにすり寄る様はまさしく泥棒猫である。——こやつめ。

俺は二人にココアを渡しつつ胡桃さんの隣に腰掛けると、胡桃さんの腕を掴んで引き寄せる。

「なっ、なに⁉」

若干頬を赤らめながら戸惑う胡桃さん。

そんな彼女を挟んで反対に座る小倉へ告げた。

「胡桃さんは俺の嫁だから」

「ほ、ほんとに何⁉」

「……」

「お、小倉さんもなんで無言⁉　あー！　もう！　訳わかんないんだけど⁉」

頭を抱えた胡桃さんの声が響くと同時——六限目の終わりを知らせるチャイムが鳴った。

小倉の涙が引くのを待ってから、俺たちは教室へと戻るために立ち上がる。

「別に先に戻っててもよかったのに」

と、胡桃さんに言われたけれど断固として拒否する。

と言うか胡桃さん、小倉に対する怯えがすっかりなくなっているじゃないか。

いい傾向なのは間違いないだろうけど純粋すぎて将来的に壺とか買わされそうで心配だ。

……まぁ、夫として守るんだけども。

なんてことを思っていたら、

「そうだよ、戻っててもよかったのに」

小倉がそんなことを宣った。こいつ……本当に反省してるのか？

と言うか、どれだけメス堕ちしているんだ。

いやまぁ、胡桃さんがそれだけ魅力的なのだから当然と言えば当然なのだが。

胸中でため息をこぼしつつ、先に階段を下り始めていた胡桃さんの背中を追おうとして――

くいっ、と後ろから小倉に袖口を摑まれた。

階段の構造上小倉の方が上に立っているが身長差からちょうど目線が合った。

「……どうした？」

どこか真剣みを帯びた表情に、こちらもまじめに聞き返す。

すると彼女は大きく深呼吸した後、告げた。

「ありがとう。それから今までのこと、本当にごめんなさい」

「……」

「それだけ。まだ、言えてなかったから」

予想外の言葉に固まっていると、彼女はタタタッと階段を下りて胡桃さんの下へ。

そしてそのまま腕に抱きついた。困惑した表情を見せつつも、しかし拒絶しない胡桃さんと、申し訳なさそうな表情で、されど近づこうとする小倉。

言いたいことは多々あるけれど、ともかく俺はこう告げることにした。

「そこは俺の場所だぁ！」

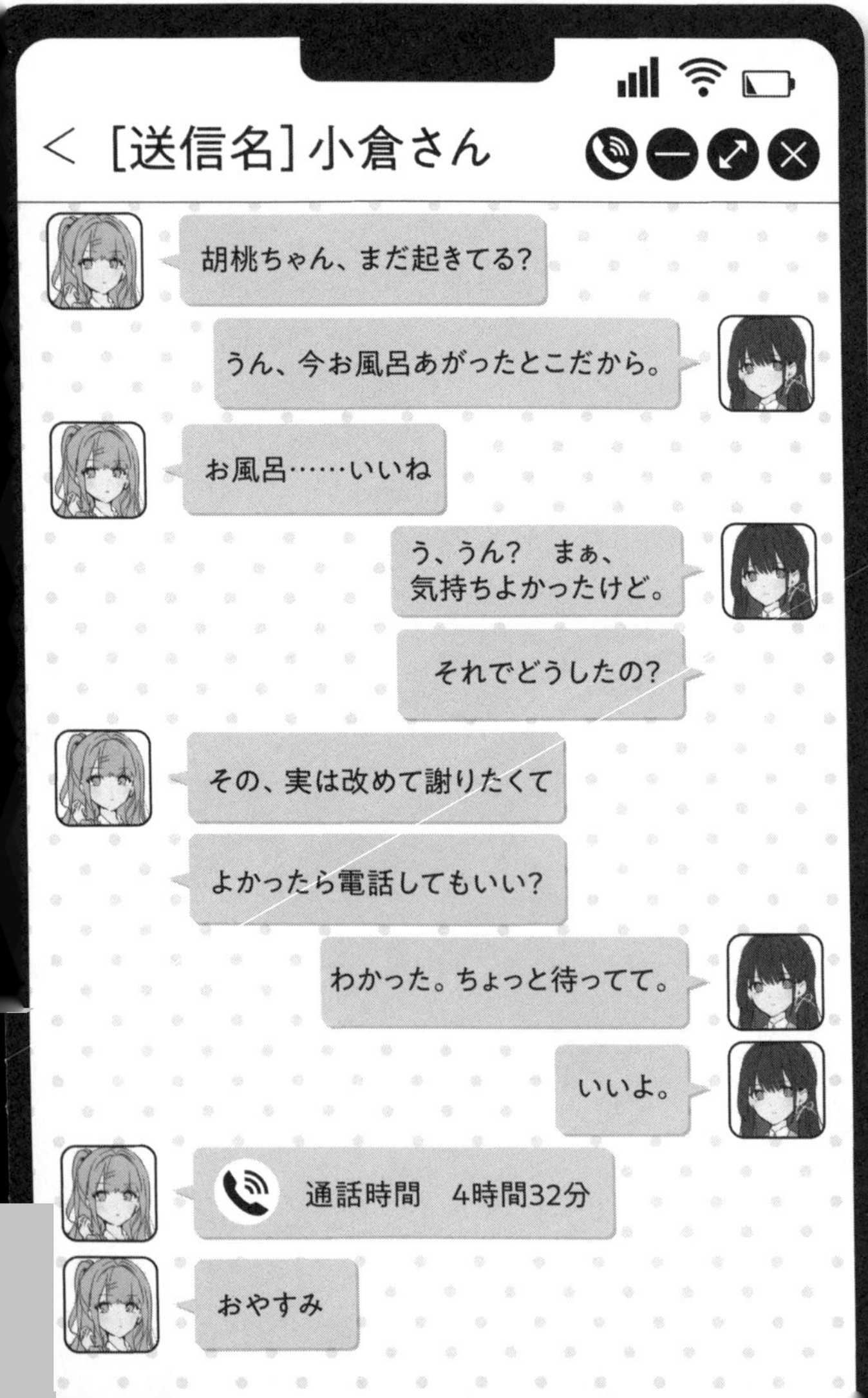

< [送信名]小倉さん
胡桃ちゃん、まだ起きてる?
うん、今お風呂あがったとこだから。
お風呂……いいね
う、うん?　まぁ、
気持ちよかったけど。
それでどうしたの?
その、実は改めて謝りたくて
よかったら電話してもいい?
わかった。ちょっと待ってて。
いいよ。
通話時間　4時間32分
おやすみ

エピローグ

飛び降りる直前の同級生に『×××しよう！』と提案してみた。

1

小倉の一件が一応の終わりを見せたあくる日。

ようやくと言っていいほど待ち望んだ平穏な日常が始まった。

しかし俺の気分は若干のブルー。

気象情報はまたもや最低気温の更新を語っていたし、朝のトイレ争奪戦では霞に辛酸をなめさせられた。しかしながら学校に行けば胡桃さんと楽しい楽しいトークが叶う。――の、だが。

「……はよ」

「……あぁ、おはよう」

教室に入り俺は新しくなった自らの席へ。

カバンを下ろし、腰を落ち着けたところでお隣さんからのご挨拶。

そこに座っているのは俺の大好きな胡桃さん――ではなく、金髪巨乳のギャルだった。

昨日の席替えの際、いつぞやのエスケープ事件よろしく授業放棄を行った俺たちであるが、戻ってきた時にはすでに席が決定していた。

窓際の前から三つ目に俺が座り、右隣がこの金髪である。

幸いと言えることは胡桃さんが小倉の一つ後ろ——つまりは俺の席の斜め後ろというかなり近い席だったという点か。

エスケープ三人組の代わりに桐島くんがくじを引いたそうだが、なんとも恐ろしいくじ運の持ち主である。しかも自分はちゃっかり主人公席という大当たり。

いろいろ凄いぜ桐島くん。

「あれ、今日胡桃ちゃんは？」

「早々にそれか。今日は別々、寝坊だってさ」

「なーんだ」

「なんだよ」

「別にー」

と言いつつあからさまに肩を落として机に突っ伏す小倉。

彼女は話を切り上げ、スマホをいじりだす。

ちらりと見えた待ち受けは日朝の変身ヒーロー。カラーバリエーション豊富な方ではなくバイクに乗って颯爽と参上するタイプである。正直意外な趣味。

「ん？　あ、これ？」

視線に気付いた小倉がスマホを掲げて見せてくる。

「好きなのか？」

「父さんが特にね。私はたまに見る程度。……まぁ、好きっちゃ好きなんだけど」

「正直意外だな」

「まぁ、そうね。前までは隠してたし」

言って、教室の後方を一瞥する小倉。視線を追うまでもなく何を——否、誰を見ているかはわかる。要は、以前まで仲の良かった女子三人。

小倉と一緒に胡桃さんを虐めていた元取り巻きの三人集。

彼女たちは胡桃さんのことにも、そして小倉のことにも我関せずといった態度で、まるで『そんな出来事あったのか』と言わんばかりに教室に溶け込んでいる。

一連の事件について、『やったのは小倉で、自分たちは関与していない』と、つまりはそういう空気をまき散らしているのだ。

腹は立つが、俺から何かを言うことはない。というか関わり合いたくない。

何故なら、現状でひとまずの満足を得られたから。

胡桃さんは立ち直り始めている、一時は危うかった小倉も反省して更生しようとしている。

ならばそれでいい。変にいじくって状況が悪化する方が最悪だ。

「今は隠さなくていいのか？」

「ま、隠す相手もいないしね」

苦笑を浮かべる小倉。

こうして彼女と会話をしていると、やはりと言うかなんと言うか、教室中から視線を向けられる。当然と言えば当然だ。クラスメイトたちは俺と胡桃さんと小倉の関係について上辺のみ理解しているのだから。

加えて昨日は昨日でいろいろとやらかしている。

そりゃあ注目されるのも道理と言えるだろう。鬱陶しいことに変わりはないが。

しかし俺は視線を無視して会話を継続する。

悪い方向に転がらなければそれでいい。

「……ボッチ」

「ほんと私のこと嫌いね」

「別に嫌いではない」

「……は？」

「まぁ、好きでもないが」

小倉の行ったことは許せない。が、きちんと謝罪を行い、償い以上の想いで仲良くなりたいという考えは、なんと言うかいいと思ったのである。

感覚的には不良が捨て猫を拾っているのを見た気分。

よく錯覚の一種と語られる事象であるが、拾ったことには変わりはない。

なので、そういう点は積極的に評価していきたいと思う。

「よくわかんないんだけど……どういう意味？」

「自分で考えろ」

「えぇー、それじゃあ胡桃ちゃんに嫌いじゃないって言われたって報告しよーっと」

「へ、偏向報道はやめろ！　好きじゃないってとこも伝えろ！　……と言うか、もうそんなに胡桃さんと仲良くなったのか？」

「まだ、わかんないかな……昨日徹夜で電話したぐらいだし」

「ちょっと待て、は？　徹夜だと？」

「うん。しかも胡桃ちゃん途中で寝落ちして、寝息すっごく可愛かった」

寝息だとっ⁉

「と言うか寝坊の原因それなんじゃ……」

「あっ、確かに」

「そんなに何を話してたんだ？　話題ないだろ」

「……」

俺の問いに小倉は固まる。

それから数度瞬(まばた)きして、何度か口を開こうと試みる。

が、結局言葉は形にならず、深い息を吐(は)きだした。

彼女は顔に影(かげ)を落としてぽつぽつと話す。

「まぁ、改めての謝罪と……あとは、どうしてあんなことをしちゃったのか、っていう理由……かな」

「……そうか」

「聞かないの？」

「聞くにしても、今聞くものじゃないだろ」

それに、聞かないで欲しいと顔に書いてある。

言いたくないのなら別にいい。

それは俺が関わる領分ではない。

その問題に関しては、胡桃(くるみ)さんと小倉(おぐら)だけの問題なのだから。

「胡桃(くるみ)さんは何か言ってた？」

「……ん、まぁ……『そっか』って」

「……そうか」

沈黙(ちんもく)。

気まずい空気が流れる。と言うか朝っぱらからする話ではない。

重い、空気が超重い。誰か助けてくれと願っていると、

「……おはよう」

背後から朝のご挨拶。それは聞き間違うことのないエンジェルボイス。

振り返ると、ジト目で俺を見つめている胡桃さんの姿。かわいい。けどどうしてジト目なのだろう。いや、本当にかわいいな。

「おはよう、胡桃さん！　写真撮っていい？」

「なんで⁉」

「珍しい表情してすごく可愛いから」

「あ、朝から何言ってんの⁉　っともう。……そ、そういうのは二人きりの時にして」

はぁ、とため息をついて、胡桃さんは席に腰掛け前の人物に視線を向ける。

一瞬肩がピクリと震えたのは俺の見間違いではないだろう。

けれど胡桃さんはゆっくりと息を吸って、小倉に告げた。

「小倉さんも、おはよう」

「……っ、ん、うん。うんっ、おはよう、胡桃ちゃん」

たった一つの挨拶。

されど彼女たちにとってそれは、挨拶以上にとても大きな意味がある。

たどたどしくも紡がれ始めた女子の会話。

相も変わらず周囲からは視線が集まる。奇異の視線がずばずばと。

けれども、いつかこれが既知の光景になったなら、俺たちは普通になれるだろう。

ふと時計を確認するとホームルームまで残り五分。始まる前にトイレに行っておくとしよう。これがトイレ争奪戦敗北者の末路である。

席を立って向かおうとして——くいっ、と制服の裾を引っ張られる。

振り返るとこれまたジトっとした目の胡桃さん。

「どうしたの?」

と、尋ねると、彼女は僅かに顔を上気させつつ告げた。

「き、今日の放課後、うちに来て」

2

放課後になると最低気温更新をその身をもって味わわされる。

俺は胡桃さんと並んで駅まで歩く。途中あったかい珈琲を購入。微糖。

プルタブを開けて飲むと身体が温まった。

「コーヒー好きだよね」

「ブラックは苦手だけどね」

微糖は甘すぎると言う人がいるが、俺的にはこれくらいがちょうどいい。

「私も甘い方が得意かな」

「ココア好きだよね」

「……ん、覚えててくれたんだ」

「そりゃあもちろん。胡桃さんのことだからね。……そう言えば小倉も昨日飲んでたな」

どうでもいいけれど。

なんて思っていると、胡桃さんがジト目で俺を見つめてきた。

学校でもやってたけど何その目。どういう感情なのだろう。

「どうしたの？」

「……べ、別に？」

疑問に思いつつも電車に乗って、胡桃さん宅の最寄り駅に到着。

いつぞやタクシーで訪れたマンションは、相も変わらずブルジョワジーな雰囲気を醸し出していた。エントランスを通って、エレベーターに乗り、部屋のある階で降りる。

廊下を歩いていると、買い物帰りと思しきマダムがゆるりとご挨拶してきたのでご返答。心なしか住んでいる人の気品も高い気がする。

「適当にくつろいでて、着替えてくるから」

玄関を抜けて部屋に入るとそう言われたので、うなずいて制服の上着を脱ぐ。

ちなみに胡桃さんは寝室に引っ込んでいく際もなぜかジト目だった。

ソファーに腰掛け部屋を見渡すと、以前来た時より少し物が増えているのに気が付いた。

より具体的にはテレビの横に置かれているゲーム機とゲームソフト。

ゲームタイトルは、以前我が家でプレイした『マリモカート』だ。

ハマったのか次に向けて練習しているのか。どちらにせよ嬉しい話である。

ぼんやりゲーム機を眺めていると——ガチャっと寝室のドアが開く音。

「お、お待たせ」

「いや胡桃さんのためなら何時間でもぉぉおおおお⁉」

待てるよ、と続けようとして、失敗に終わった。

着替え終わって現れた胡桃さんは、ラフな格好だった。

前回ここに泊まった時もラフであったが、今回はベクトルと言うかインパクトの桁が違う。

「た、たた、短パン⁉　生足……っ⁉」

現れた胡桃さんは、上にダボっとした長袖のシャツ、下に短パンというそれはもう非常にえっちな格好だったのだ。サイズの大きなシャツは裾がまた下まで伸びており、短パンを半分以上覆い隠している。その下は靴下も履いておらず生足がモロにドン。

俺の動揺をよそに、胡桃さんはそのまま隣に腰掛ける。

僅かな振動。距離感は体温を感じるほど。

胡桃さんの太ももが僅かに触れて、生唾を飲み込む。

「これは誘っていると受け取ってもいいのだろうか……？」

「……へっ⁉　ち、違うから！　誘ってないから！　だ、ダメ！」

真剣な表情で考え込んでいると、距離を取るようにグイッと押される。

「じゃ、じゃあどうして本日はそのような格好を？」

胡桃さんは基本的に素肌を見せたがらない。学校でもスカートの下にはタイツを履いているし、以前泊まりに来た時も長ズボンだった。

そんな彼女が生足さらしてお隣に座っている。

正直心臓がバクバクして仕方がないんだが？

「べ、別に、ここ私の家だし何着ても私の勝手でしょ？」

「そりゃあ、そうだけど」

なんだか釈然としない。

しかし胡桃さんはそれ以上語ろうとはせず、代わりにまたもやジト目を俺に向けてきた。

「照れちゃうねぇ」

「そんな熱烈な視線を向けてるつもりはなかったんだけど⁉」

「いやいや、誤魔化さなくても大丈夫だよ。俺にはすべてわかってる」

「何もわかってなさそうなんだけど……」

「じゃあ、何が理由か教えてくれる？」

「うっ……、そ、それは、その……」

言い辛そうに口ごもる胡桃さん。

伸ばした足先をこすり合わせて俺の方をちらちらり。

思わず『もういいよ』なんて言いたくなる可愛さであるが、彼女は表情を隠すように両手で口元を覆うと、観念したように呟いた。

「…………た、楽しそうだったから」

「えっと、何が？」

意味を測りかねたので再度お尋ねすると、恥ずかしそうに顔を赤く染めて、今度は若干やけくそ気味に叫ぶ。

「あ、朝、小倉さんと楽しそうだったからっ！」

「……」

「べ、別にいいんだけどね!?　他の女子と話さないでとかそんなこと思ってないし、そこまで束縛するつもりもないし？　わ、私とは違った話し方だな、とか別に気にしてないし！」

別に別にと連呼して膝を抱える胡桃さん。その上に顎を乗せて、拗ねたように見つめてくる。

これはあれだろうか。もしかして俗に言う、

「嫉妬？」

「はっ、はぁ!? べ、別にしてないけど!? だ、だって、私は彼女だし? そもそも小倉さんとはそういうのじゃないって知ってるし。……だ、だから嫉妬なんかじゃ、ないんだから」

だんだんと言葉尻がしぼんでいく。その反応はいかにも図星を突かれた人のそれである。

……いかん、思わず口角が上がってしまう。

「可愛いなぁ、胡桃さん」

「に、ニヤニヤしないで!」

「いやいや、これはしない方が無理な話だと思うんだけど」

「さ、最低っ!」

久しぶりに飛んできた罵倒であるが、確かに嫉妬を喜ぶのは最低である。自重。

「……でも、俺も結構嫉妬するからお互い様だよ」

少し考えてそう告げると、胡桃さんは困惑の表情を見せた。

「え、え? わ、私ほかの男子とほとんど喋ったことないのに? あ、桐島くんとか?」

「桐島くんじゃなくて、その……」

正直、告げるのは恥ずかしい。

さんざん恥ずかしいことをしてきているが、これぱかりは恥ずかしさの方向性が違う。

しかし胡桃さんも恥ずかしかったわけで……よしっ!

「俺は、胡桃さんが霞とか、今日、小倉と話しているのを見て嫉妬してた」

「ええ……妹に？」

「マジトーンで返されるとさすがにショックなんだけど……まぁでも、ほんとの話」

おそらく俺は束縛したがるタイプの人間なのだろう。きっと胡桃さんを見ていることしかできなかったこれまでからの反動だ。言い方は悪いかもしれないが手に入れたものを失いたくないと、そういう欲望が俺の中にはあるのだろう。

小倉はともかく霞がそのようなことをするはずがない、とわかっているにも関わらず、だ。

しかし、それと実際に行動に移すかは別問題だ。何故なら俺は、束縛したいという欲望以上に、胡桃さんが笑顔でいる方が何倍も嬉しいのである。たとえそれが、俺に向けられたものではなかったとしても。

だから嫉妬はするけれど、何もするつもりはないのだ。

はたして、どのような反応が返ってくるか。

胡桃さんは俺の言葉を受けて、何でもないように、

「ふ、ふーん」

と、軽く頷いてみせる。しかし、

「……胡桃さんもニヤニヤしてるじゃん」

「そ、そんなわけないでしょ⁉」

胡桃さんは顔をぺたぺた触り、これでもかと三日月を描いている口元に気付いて両手で隠す。

「嬉しいでしょ？」

「うっ……ぐぅ……ま、まぁ」

こうなってしまっては否定もできまい。観念したように恥ずかし気に首肯する胡桃さん。

彼女はうぅ……っ、と唸りながら、行き場のない無念をぽかっと拳でぶつけてきた。

痛くないしむしろＨＰが回復するまでである。

「それにしても、結構愛を伝えているつもりだったけど、それでも嫉妬するんだ」

「そ、それは……」

胡桃さんは気まずそうに視線を逸らしつつ、自らの服の裾をぐいぐいと引っ張って、さらけ出された生足を隠そうと試みる。長さが足りていないのでまったくと言っていいほど隠れてはいないが。

突然の行動に、やはり恥ずかしかったのだろうか、なんて思っていると、彼女は蚊の鳴くような声で呟いた。

「そ、その……小倉さん、胸が……大きいから」

「……」

「わ、私のは、そんなにないから」

胡桃さんは自らの胸に手を当てて、拗ねたように唇を尖らせた。

「あっ、それで足を出してたの？」

「〜〜〜っ！　い、いちいち言わないで！」

指摘を受けたことでさらに足を隠そうとする胡桃さん。

つまり彼女は『自分が持っていないものを持っている人』と仲良くしてたから嫉妬して、胸では小倉に勝てないと判断したから自信のある足で勝負に出た、ということだろう。本日の露出度多めの格好にも合点がいくというものだ。

それにしても、あれだな。可愛すぎないか？

「胡桃さん」

「な、なに？」

「俺は胡桃さんが世界で一番好きだから」

まっすぐ目を見て告げる。

すると胡桃さんは嬉しそうに微笑んで、頷く。

「……うん」

どうやら俺の想いはきちんと彼女に伝わっているようだ。

それだけで嬉しい。伝えられなかった時間が長かったから、伝えられて、通じ合えていることが、より幸せに感じる。

「その……ありがと」

「感謝されるようなものじゃないよ。俺はただ自分の想いを正直に言っているだけだから」

しかし胡桃さんは頭を振った。

「それもそうなんだけど……その、改めてって言うかなんて言うか」

おずおずと、胡桃さんは語りだす。

「あの日から、——あの自殺を止めてくれた日から、あんたのおかげで今すごく楽しいの。それまで誰も味方が居なくて、独りきりで、本当に苦しかったから。だから改めて——」

胡桃さんは言葉を区切り、深呼吸するとまっすぐ俺を見つめて、告げた。

「——ありがとう。あの日、私を助けてくれて」

真正面から述べられた感謝の言葉。

それは無性に照れくさくて、だけど同時に苦しくもあった。

胸が締め付けられて、胡桃さんの顔を見ることができない。

俺は自分の足元を見つめながら答える。

「ううん、感謝されるようなことじゃないよ。むしろ謝りたい。遅くなってごめんって。もっと早く俺に行動する勇気があれば、そもそも胡桃さんがあんなに傷つくこともなかったから」

後悔しても後悔しても、取り返せない時間。

もっと早く動いていたら、もっと早く助けていたら、もっと早く勇気が出せていれば。

そうすれば、苦しい過去はそもそも存在しなかった。

それに今はもう、高校二年生の十一月だ。このまま数か月もしないうちに俺たちは三年生になって、そうなれば受験を迎えることになる。つまり、最も高校生活を謳歌できる一年生と二年生の前半を、胡桃さんはもう二度と手にできない。

すべては俺が遅かったばかりに。

「……だめ」

「え？」

両手で顔を摑まれ、無理やり持ち上げられる。そうして視界に入ってきた胡桃さんの表情はいつにも増して真剣で、そしてどこか怒っているようにも見えた。

彼女は俺の目を見据えて告げる。

「そんな言葉、らしくない」

「……」

真剣な声音に思わず押し黙ってしまう。

「後悔なんてちょっと気にする程度でいいの。引き摺り続けるようなものじゃないから」

「でも、俺は遅かった。もっと早く動いていれば、胡桃さんはもっと楽しい高校生活を送れたかもしれないのに……っ」

俺の言葉に胡桃さんは目を丸くしたかと思えば一転、優しい笑みを浮かべる。

「これからは、その楽しい高校生活を送らせてくれるんでしょ？」

「そりゃあ、……そうだけど。でも」

「それなら充分。むしろあんたがいつまでも引き摺ってたら楽しいものも楽しくなくなってしまうわよ」

「……胡桃さん」

「だから、助けてくれた感謝を受け取って？」

そんな風に言われてしまっては、どうしようもない。

俺は、真剣だけどどこか優しい笑みを浮かべる彼女に向かって、改めて答える。

「わかった。どういたしまして、胡桃さん。……ありがとう」

感謝を受け取ると、彼女は気が抜けたようにふにゃりと相貌を崩した。

「はぁぁああああ、やっと言えたぁぁあああああっ」

「そんなに気にしてたの？」

苦笑しつつ尋ねると、胡桃さんは「ま、まあ」と頬を掻いて、瞑目。

それからゆるりと俺の肩に頭を乗せつつ口を開く。

「だって文字通り、あんたが居なければ今の私はここに居ない。でもあんたは頭がおかしいし、結婚とか、子供とか、妹紹介とか。ほかにもいろいろ変なことばっかりして、全然感謝を伝える機会がなかったんだから。……と言うか今思い返してもなんで好きになったんだろうってくらい変なことしかしてないような……？」

「でも好きなんでしょう？」

「う、うるさい！」

「その反応は図星なんだよなぁ」

「ぐうっ、……ま、まあ、そうだけど？」

いつもなら照れてあわあわしているところだが、何やら挑戦的な笑みを浮かべる胡桃さん。

彼女は徐に立ち上がると、向かい合う形で俺の膝に跨って座る。

「ちょ、胡桃さんっ⁉」

足に伝わる太ももの感触とか、胡桃さんの体温とか、目の前にある綺麗な顔にどぎまぎしている俺をよそに、胡桃さんは挑戦的な笑みを深くして――。

「あ、あんたのこと、あんたが思ってる以上に好きだけど、悪い⁉　な、何か文句あるの⁉」

「く、胡桃さん⁉」

これは逆切れならぬ逆デレ⁉

「いつもいつも、好き好きって……わ、私の方が好きに決まってるでしょ⁉」

「そ、それは聞き捨てならない！　俺の方が胡桃さんのことを愛しているっ！」

「何か証拠でも？」

「証拠⁉」

いつになく積極的な態度。

おそらく内容が感情の話なので平行線に決まっていると胡桃さんはそう高をくくっているの

だろう。しかしながら、今回ばかりはそうはいかない。何故なら、俺の方が愛しているという明確な証拠があるのだから！

「胡桃さん、俺の名前呼んでくれないじゃないか」

「え、え？　な、名前？」

「そう名前、ネーム。いずれ胡桃さんとおそろっちになる名字ですら、桐島くん作のあだ名で呼んでくるし、それ以外ではあんたとか、ばかとか、あとはお兄さんとか……っ、それはそれで熟年夫婦感があっていいんだけど⁉」

「どっちなの⁉」

「今は名前を呼んでもらいたい！」

「あ、うぅ……っ、だ、だって……」

「そもそも桐島くんとか小倉のことはちゃんと呼んでるのにどうして俺だけ⁉」

「そ、それは……」

押して押して、それはもう全力でプッシュしてみると、逆デレモードからいつもの雰囲気に戻ってしまう胡桃さん。あわわと顔を真っ赤に視線をきょろきょろ。

やがて観念したように、顔を隠しながら呟く。

「は、恥ずかしかったから」

何ともシンプルな。

「恥ずかしい？」

「さ、最初は、やばい人だと思ったから避けてただけだったけど、なんか、変え時を逃しちゃったって言うか……」

それは何となくわかる気がする。最初名字で呼び始めたらそれから仲良くなっても名前呼びに変更し辛い、的な。桐島くんも似たようなものだ。

「じゃあこれを機会に名前で呼んで欲しい！」

「で、でも……」

それでも渋る胡桃さん。

「だったら、あの時の何でも一つ言うことを聞く権利を使おう！」

それはいつぞや、胡桃さんがわが家に来訪した際、霞の提案で行った罰ゲームの景品である。

まさか、ここで使うことになるとは。しかし悔いはない！

だって呼んで欲しいのだもの、胡桃さんに俺の名前を。

しかし彼女は首を横に振る。

「……ううん、だめ。それは使わないで。そんな風にして呼びたくない。呼ぶならちゃんと、自分の意志で呼びたいから」

真摯な表情でそう告げた胡桃さんは、緊張の面持ちで見つめてくる。

そんな様子に俺まで緊張してきた。

やがて胡桃さんは一度瞑目し、意を決したように目を開いて——

「そ、そう言えば飲み物出してなかったわね！　い、今淹れてくるから！」

と言って、ぴゅーっと脱兎のごとくキッチンへと駆けて行った。

それほどまでに恥ずかしかったのだろうか。

「まぁ、無理強いして呼んでもらうのもあれか」

キッチンへと消えていった背を見つめ独り言ちる。

少し残念ではあるが、いつか胡桃さんが『呼べる』と思った時に呼んでもらうのが一番だ。

息をついてソファーに背を預けていると、胡桃さんはすぐに二つのコップを手に戻ってきた。

「お、お待たせ」

「ありがと、胡桃さん」

受け取って早速一口頂こうとして——。

「どういたしまして……か、笠宮貴一くん」

鈴のような綺麗な声が耳に優しく届いた。

「……」

「ね、ねぇ、何か言ってよ」

そう言う胡桃さんはコップで口元を隠しながらも、じっと俺を見つめていた。当然の如く顔は真っ赤で、余程恥ずかしいのかじんわりと汗までかいていた。

……え？　と言うか今、俺の名前を？

遅ればせながらそれに気づくと、腹の底から感情が湧き上がって身体が勝手に動いていた。

コップをテーブルに置いて立ち上がると、胡桃さんの手を取る。へっ？　ふぇ？　と聞いたことのない可愛らしい声を上げて困惑する彼女に申し訳ないと思いつつも、しかし俺は抑えることのできない思いを伝えた。

「好きだ、胡桃さん。本当に、心の底から古賀胡桃さんのことを愛している」

「し、知ってるわよ」

上目遣いで見つめてくる彼女に、俺は続ける。

「結婚しよう」

「い、今はダメ。もっと大人になってから……」

「それじゃあ大人になろう！」

「へっ？」

「二人で大人の階段を駆け上り、一緒に目くるめく夜を迎えよう！　大丈夫、痛いのは最初だけらしいから！」

「べ、別に最初から気持ちよかったけど……」

顔を真っ赤に何かを呟いた胡桃さんだが小さすぎて聞き取れなかった。

「ごめん、なんて？」

「な、なんでもないから！　と、とにかくしない！　変態っ！」

「変態じゃない！　旦那（だんな）だ！」

「旦那（だんな）じゃなくて彼氏（かれし）でしょ」

「そうだった」

それじゃあ、と俺は息を吸って、彼女に提案する。

「いつか、俺と結婚（けっこん）しよう」

「……うん。いつか、ね」

いつか、胡桃（くるみ）さんと共に歩く未来。

それを妄想（もうそう）しつつ、今日も胡桃（くるみ）さんに愛を伝え続ける。

あとがき

数ある小説の中からこの作品を手に取ってくださりありがとうございます。
赤月ヤモリと申します。

小説家に、それもラノベ作家になりたいと中学生の時分に夢を持ち、新人賞やＷＥＢに投稿を繰り返すこと早十年。その間に享受する予定だった青春をすべて放棄した結果、何の因果か青春モノラノベでデビューすることになりました。長い道のりでしたが、夢が叶ったことを思うと込み上げるものがあります。よかったね、中学生のぼく。

自分語りも終えたところで、本作が完成するまでにお力添えをいただいた皆様に謝辞を。

編集の佐藤様、締め切りを何度も延ばす私を見捨てないでいただきありがとうございます。

イラストを担当してくださったｋｒ木様、キャラの特徴など大雑把な説明だったにもかかわらず、大変可愛らしいイラストをありがとうございます。

また、校正者様や印刷に携わった方など、私の知らない方々の多くのお力添えでこの本は世に送り出されております。本当に、ありがとうございます。

最後に、ここまでお付き合いくださった読者の皆様、本当にありがとうございました。

また二巻でお会いできることを楽しみにしております。

赤月ヤモリ

本書に対するご意見、ご感想をお寄せください。

ファンレターあて先
〒102-8177　東京都千代田区富士見2-13-3
電撃文庫編集部
「赤月ヤモリ先生」係
「ｋｒ木先生」係

本書はカクヨム掲載『自殺しようとしている美少女に『セックスしよう！』と提案してみた。』を改題・加筆修正したものです。

電撃文庫

飛び降りる直前の同級生に『×××しよう！』と提案してみた。

赤月ヤモリ

◇◇◇

2022年4月10日　初版発行

発行者　青柳昌行
発行　株式会社KADOKAWA
〒102-8177　東京都千代田区富士見2-13-3
0570-002-301（ナビダイヤル）
装丁者　荻窪裕司（META＋MANIERA）
印刷　株式会社暁印刷
製本　株式会社暁印刷

ISBN978-4-04-914221-1　C0193　Printed in Japan

電撃文庫　https://dengekibunko.jp/

電撃文庫創刊に際して

文庫は、我が国にとどまらず、世界の書籍の流れのなかで〝小さな巨人〟としての地位を築いてきた。古今東西の名著を、廉価で手に入りやすい形で提供してきたからこそ、人は文庫を自分の師として、また青春の想い出として、語りついできたのである。

その源を、文化的にはドイツのレクラム文庫に求めるにせよ、規模の上でイギリスのペンギンブックスに求めるにせよ、いま文庫は知識人の層の多様化に従って、ますますその意義を大きくしていると言ってよい。

文庫出版の意味するものは、激動の現代のみならず将来にわたって、大きくなることはあっても、小さくなることはないだろう。

「電撃文庫」は、そのように多様化した対象に応え、歴史に耐えうる作品を収録するのはもちろん、新しい世紀を迎えるにあたって、既成の枠をこえる新鮮で強烈なアイ・オープナーたりたい。

その特異さ故に、この存在は、かつて文庫がはじめて出版世界に登場したときと、同じ戸惑いを読書人に与えるかもしれない。

しかし、〈Changing Times,Changing Publishing〉時代は変わって、出版も変わる。時を重ねるなかで、精神の糧として、心の一隅を占めるものとして、次なる文化の担い手の若者たちに確かな評価を得られると信じて、ここに「電撃文庫」を出版する。

1993年6月10日
角川歴彦